작가의 루틴

■ 시 쓰는 하루

작가의 루틴—시 쓰는 하루

지은이 김승일, 서윤후, 양안다, 이규리, 이현호, 정현우, 최지은
펴낸이 임상진
펴낸곳 (주)넥서스

초판 1쇄 인쇄 2023년 1월 10일
초판 1쇄 발행 2023년 1월 15일

출판신고 1992년 4월 3일 제311-2002-2호
10880 경기도 파주시 지목로 5 (신촌동)
Tel (02)330-5500 Fax (02)330-5555

ISBN 979-11-6683-418-9 03810

가격은 뒤표지에 있습니다.
잘못 만들어진 책은 구입처에서 바꾸어 드립니다.

www.nexusbook.com
&(앤드)는 (주)넥서스의 문학 브랜드입니다.

작가의 루틴

시 쓰는 하루

김승일   서윤후

양안다   이규리

이현호   정현우

최지은

&

차례

루
틴

김승일

김승일

2009년 《현대문학》으로 등단하며 작품 활동을 시작했다. 시집 『에듀케이션』 『여기까지 인용하세요』 『항상 조금 추운 극장』, 산문집 『7월의 책:시간과 김승일』 등을 펴냈다. 동인 '는'으로 활동 중이다.

에세이 루틴

나는 확실히 시보다 에세이를 쓰는 속도가 훨씬 빠르다. 아마 다섯 배쯤 빠른 것 같다. 그래서 에세이 청탁이 들어오면 미룰 수 있을 때까지 미루다가 써도 별 무리가 없다. 마감이 얼마 남지 않았거나 하루쯤 지각을 했을 때 더 빨리 쓸 수 있다. 빨리 쓴 글은 속도감이 있어서 독자들이 지루하게 느끼지 않고 읽을 수 있다. 글을 빨리 쓰고 있으면 내가 마치 스탠드업 코미디언이 된 것 같다. 내가 얼마나 준비가 잘된 사람인지, 즉흥적으로 남을 즐겁게 할 자신이 있는지 뽐내고 있는 것 같다. 지금 이 글도 마감이 얼마 남지 않은 상태에서 쓰고 있다. 최대한 미루다가 엄청나게 빠르게 쓸 것. 이것이 김승일이 '시인이 에세이를 쓸 때의 루틴'이다. 시를 쓰는 일이 오래 걸리는 이유는 시라는 장르가 무엇인지에 대해 매번 질문을 던져야 하기 때문이다. 한국의 현대시는 기이한 장르다. 서양에서 영향을 받아 시작되었지만, 한국 현대시는 100년 동안 계속 자기가 무엇이었는지를 잊고자 했다. 정해진 음률도 길이도 없는 것. 그냥 시라고 우길 수만 있으면 시라고 불릴 수 있는 글. 그것이 시다. 그러나 최대한 그럴듯하게 우겨야 하기 때문에, 가끔은 뭔 대단한 예술가의 사명이라도 짊어진 것처럼 시가 무엇인지, 무엇이어야 하는지 고민해야 하기에. 오늘 나는 '시를 무엇이라고 생각할 것인가?'라는 질문을 통과해야만 한다. 답이 나오지 않더라도. 적어도 일단 자유롭게 고민을 해 보기. 내가 시를 쓰기 전에 꼭 하는 일이다.

김승일

루틴이 있기 전에 하루키의 루틴이 있었다

　시인의 루틴에 관해서 써 달라는 부탁을 받았을 때, 나는 아주 흔쾌히 승낙했다. 시를 쓸 수 있는 컨디션을 만들기 위해 내가 하는 일들이 꽤나 명확하기 때문이다. 나는 내 루틴의 노예다. 예컨대 나는 종종 너무 많이 자거나 너무 조금 잔다. 그래서 자주 낮밤이 바뀌는데, 나는 낮에만 시를 쓴다. 낮을 낮으로 밤을 밤으로 만들기 위해 아무리 노력해도 쉽게 돌아오지 않을 때가 참 많다. 뒤에 더 자세하게 쓰겠지만 나는 내 루틴을 지키지 못하면 시를 쓰지 않는다. 낮이 밤이고 밤이 낮일 때는 시를 쓰지 않는다. 어떤 달에는 단 한 번도 낮에 깬 적이 없었다. 그래서 그달엔 시를 쓰지 않았다. 이렇게 루틴은 내게 있어 시를 쓰지 않기 위한 핑계이기도 한 것이다. 그러나 루틴을 철저하게 지키다가 결국 시를 쓰지 않는 이 참혹한 아이러니 속에서도, 내 루틴은 내 시의 모든 것이다. 시는 내 종교가 아니며, 어떤 주술적인 행위도 아니지만(가끔은 혼동한다.) 시를 쓰기 위한 루틴은 김승일을 지배하는 종교이며 가끔은 논리적인 이유도 없이, 따르지 않으면 시를 쓸 수 없을까 봐 너무 두려운, 주술이고 의식이다.

나는 한국 나이로 스물셋에 문예지에 시를 발표하기 시작했다. 초장부터 멋진 시들을 써서 시 애호가들 사이에선 나름 유명해졌다. 그리고 어디 인터뷰라도 하면 독자들에게 항상 웃음을 주고, 인터뷰어를 당황시키고, 사람들에게 장난을 치는 것을 아주 좋아했기 때문에, 어떤 사람들은 내가 재능이 넘치고 자존감 높은 시인이라고, 어떤 사람들은 아주 싹수가 없고 오만한 놈이라고 평가했다. 그러나 실상은 그냥 어리고, 데뷔하기 전에 써 둔 시가 하나도 없고, 게으르고, 임기응변만 좀 좋은 인간에 불과했다. 그때 나는 시를 쓰기 전에 책상에 앉아서 오늘 내가 시라는 장르를 뭐라고 생각해야 하는지 자문해야 한다는 사실을 몰랐다. 매번 그렇게 해야 한다는 사실을 몰랐다. 나는 그냥 무한히 걱정을 했다. 시가 뭔지도 모르겠는데, 시가 뭔지 모르는 사람처럼 보이면 안 되니까, 시인이니까, 계속 그럴듯한 것을 써내야만 했던 것이다. 그래서 나는 다른 사람들의 루틴을 따라 하기 시작했다. 솔직히 다들 무라카미 하루키를 따라 해 보지 않았을까? 무라카미 하루키는 소설가이고, 내 최애 작가도 아니었지만, 새벽 4시에 일어나서 글을 쓰고……. 뭐 그 다음은 유명하니까 다들 알 것이다. 시간을 정해서 수영도 하고, 재즈도 듣고. 나도 그렇게 하면 두려움에서 해방될 수 있을까? 내가 어렸을 때 시인이 아니었다고 말하고 싶은 건 아니다. 난 분명 시인이었다. 시를 아주 좋아하는 사람이었고 내가 보기에도 내 시가 꽤 멋졌다. 하지만 동시에 나는 내가 쓴 글이 그럴듯하지 않아서, 누가 나를 혼낼 것 같아서 두려움에 떠는 시인이었다. 그래서 하루키의 루틴을 따라 하려고 했는데 솔직히 어렸을 땐 사람들과 술을 좀 많이 마셨다. 지금은 마시지 않는다. 술을 마시지 않는 것이 내 루틴이다. 어쨌든 어렸을 땐 내가 좋아하는 사람 생각에 잠이 오지 않기도 했기 때문에 도저히 새벽 4시에 일어날 수는 없었다. 게다가 그땐 젊어서 운동의 필요성을 전혀 느끼지 못했고, 우연히 어떤 한의원에서 체질 검사를 했는데 수영은 내 몸에 독이라고 했다. 그리고 하루키가 잠에서 깨서 샤워를 하고 글을 쓰는지 아니면 샤워를 하지 않고 글을 쓰는지 찾아봐도 알 수가 없었다. 난 샤워를 하지 않으면 하루가 시작이 안 되는데. 근데 하루키가 샤워를 하지 않고 글을 쓴다면 거기에 무슨 이유나 비결 같은 것이 있는 게 아닐까? 난 하루키의 루틴을 어떻게든 수정해서 조금이라도 흉내 내려 했지만 결국 실패했다.

욕조에서 쓰는 작가들이 있다고 했다. 아가사 크리스티가 그랬다고 했다. 우리 집엔 욕조가 없었다. 영국 시인 테드 휴즈는 빈 강의실 연단에 서서 만년필로 글을 썼다고 했다. 마침 서서 일하면 좋다는 얘기가 유행이었다. 서서 써 봤더니 어쩐지 괜찮게 써지는 것 같았다. 확실히 집중도 잘 되는 것 같고. 그런데 매번 빈 강의실에서 쓸 수는 없었고, 집이나 카페에는 스탠딩 데스크가 없었기 때문에 서서 쓰기가 좀 곤란했다. 그래서 스탠딩 데스크를 사려고 알아보니 굉장히 비쌌다. 그러다 생각했다. 테드 휴즈도 매번 서서 쓰진 않았을 것 같은데? 서서 쓴다고 말하는 작가들 대부분이 가끔 서서 썼을 거야. 그렇게 의심이 시작되고 불신으로 바뀌어서 서서 쓰지 않게 되었다. 침대 등받이에 쿠션을 깔고 쓰는 사람들도 있었다. 따라 했다. 쓰다가 풀리지 않으면 잠을 잤다. 잠을 너무 많이 자게 되어서 침대가 아니라 거실 소파에 누워서 썼다. 거실이나 소파가 있는 집에서만 그게 가능해서 친구 집에서 그렇게 했다. 거실에서는 잠이 잘 오지 않았다. 하지만 친구가 자기에게도 혼자만의 시간이 필요하다고 했다. 가끔만 놀러 오라고. 그러니까 누워서 쓰기도 내시 쓰기 습관이 되지는 못했다. 뒤에서 이어 가겠지만, 그래도 시를 쓰다가 문제가 생기면 지체 없이 곧바로 낮잠을 자 버리는 건 결국 나만의 루틴이 되었다. 아예 쓸모없는 흉내는 아니었던 것이다. 나는 내가 좋아하는 예술가들의 에세이가 나오면 꼭 구입하곤 했는데, 거기에 그들의 루틴이 있지 않을까 싶어서였다. 그걸 흉내 내서 어떻게든 내 두려움을 잠재우고 싶었다. 그러나 훗날 내가 낸 시집을 읽으면서, 내가 얼마나 무서워하면서 시를 썼는지 떠오를 때마다. 시를 다 쓰고, 스마트폰 타로점 어플에 내가 쓴 시가 남들이 보기에도 좋을지 안 좋을지 물어봤던 시간들이 기억날 때마다. 부끄럽고 고통스러웠다. 시를 쓰는 일이 무조

건 즐거워야 하는 것은 아니다. 하지만 최근에 생각하기에, 시는 나와 타인들, 고양이와 비둘기, 세상의 두려움들이 서로 관계할 수 있도록 여백 위에 배치하는 일이다. 두려움을 배치하는 일은 두려운 일인가? 누군가에겐 종종 그렇게 느껴질 수도 있겠지. 그러나 항상 공포에 질릴 필요는 없지 않을까? 시를 앞에 두고 네가 두렵다는 고백만 하고 싶지는 않으니까. 그래서 내 루틴은 시에 대한 두려움을 몰아내기 위한 것들로 채워졌다. 어떻게 보면 그동안 남의 루틴을 참고하거나 사주를 보거나 성당에 가거나 절에 갔던 것도 두려움을 없애기 위한 것이겠지만. 더 효과적인 것들이 있을 거야. 그렇게 나는 시를 쓸 때만이라도 기도하지 않기로 했다. 기도하는 대신 낮잠을 많이 자기로 했다. 자고 일어나면 두려움이 반쯤 잊히니까. 다시 자면 반의반. 더 자면 반의 반의반. 그렇게 낮밤이 바뀌고. 시가 무서운 것이 아니라. 다른 사람들의 평가가 무서운 것이 아니라. 너무 많이 자서 날려 버린 시간들과, 불확실한 미래와, 건강이 염려되기 시작한다. 그러면 이제 시는 정말로 무섭지 않다.

김승일

시인의 루틴

앞서 언급했던 것처럼, 내가 내 시 쓰기 루틴을 관리하는 방법은 정말 지독하게 편집증적이다. 나는 언제나 미리 언제 시를 쓸 것인지 정해 둔다. 그리고 3일에서 4일 정도의 시간이 확보되지 않으면 절대로 시를 쓰지 않는다. 그 며칠 동안에는 누구와도 만나지 않아야 하고, 다른 할 일도 없어야 한다. 나는 회사를 다니지 않지만, 만약 내가 직장인이었다면 나는 아마 시를 쓰기 위해 휴가를 내야만 했을 것이다. 웃긴건 내가 정작 하루에 책상에 앉아 있는 시간은 최소 2시간 반, 최대 4시간에 불과하다는 것이다. 내가 낮에시를 쓰니까, 저녁에는 약속을 잡아도 사실 크게 상관이 없을 것이다. 이건 어쩌면 루틴이 아직 자리를 잡지 않았을 때 생긴 버릇 때문인 것 같은데. 20대의 나는 시를 쓸 때 항상 10시간 정도는 카페에 앉아 있었다. 24시 카페에서 새벽에 커피나 카페인이 들어간강장제 음료를 마구 때려 부었다. 그땐 그렇게 시간을 갈아 넣지 않으면 그럴듯한 것을 쓸 수 없을 거라고 생각했기 때문이다. 나는 무서웠다. 그 시절의 관성 탓으로, 엄청나게 오래 작업할 수 있는 시간이 확보되지 않으면 시를 쓸 수 없다고 생각하는 것이 아닐까? 뭐 그것도 나쁜 추측은 아니지만. 아마도 나는 내 마음대로 시간을 탕진할 수 있다는 사실에서 안정감을 느끼는 것 같다. 그 안정감이 시 쓰기를 두렵지 않게 만들어 준다.

다른 책에서도 밝혔던 바인데. 고등학교 시절 내가 다니던 학교는 아침 8시 30분이 지나면 지각이라면서 애들을 불러 세웠다. 그리고 9시가 될 때까지 교실로 들어가지 못하고 운동장 옆에 서서 벌을 받아야만 했다. 아무리 생각해도 이상한 벌이었다. 8시 50분에 교문에 들어가도 9시까지만 벌을 받으면 되니까, 8시 30분에 학교에 들어가는 것은 멍청한 짓이었다. 그래서 어느 날 나는 교문으로 들어가지 않고 사람들이 모두 출근하고 난 뒤의 한적한 동네 골목길을 혼자 걸어다녔다. 너무 조용했다. 아침의 서늘한 온도가 마음에 들었다. 내가 아침의 주인이 된 것 같았다. 시간의 주인이 되었다는 느낌, 시간을 탕진해도 된다는 느낌,

김승일

아무도 내 존재를 상관하지 않고, 아무도 나를 볼 수 없고, 이미 너무 늦어 버렸고, 하지만 그 어떤 것도 나랑은 상관없다는 그 느낌. 바로 그 감각이 시 쓰기를 무섭지 않게 해 준다. 그래서 나는 시를 쓰기 전에는 꼭 시간을 넉넉하게 확보한다. 내가 더는 저녁에 시를 쓰지 않는 건 아마도 낮이 더 고요하기 때문인 것 같다. 카프카 같은 작가들은 새벽에 외롭고, 새벽에야 시간의 주인이 된 것 같았을 것이다. 아침에 회사도 가야 하고. 하지만 나는 낮 11시에 카페에 간다. 집 앞의 카페가 그때 열기 때문이다. 다들 어딘가에 출근해서 일을 하고 있는데, 나는 시라는 공상에 가까운 일을, 어떤 사람들에겐 참으로 쓸모없어 보이는 걸 쓰고 있는 거다. 그 기분이 정말로 짜릿하다. 유치원 다닐 나이도 안 되어서. 낮에 골목길이나 아파트 계단에서 혼자 노는 아이처럼. 나는 낮과 점심의 카페에서 내가 외로운지도 모르면서 외롭다. 그 외로움이 내게 안정감을 준다. 더는 새벽에 시를 쓰지 않는 건, 그 시간이 가진 상징성이 별로 마음에 들지 않기 때문이다. 많은 사람들이 새벽을 고독한 시간이라고, 글을 쓸 수 있는 시간이라고 한다. 하지만 내 생각에 새벽은 조금만 떠들어도 소리가 더 멀리 퍼지는 시간이다. 그래서 마음대로 노래를 부를 수 없다. 혼자 노는 아이는 새벽의 골목길에서 놀지 않는다. 낮과 밤이 바뀌어서 새벽에 깨어 있게 되어도 나는 절대 시를 쓰지 않는다. 여기에도 여러 이유가 있는데. 일단 집에선 시를 쓰지 않기 때문이다.

부모님과 함께 살 때 아버지가 내게 잔소리를 한적이 있다. 집이 놀러 오는 곳이냐고. 놀이터냐고. 내가 하도 집에 안 들어오고 밖에서 시를 쓰고, 학교 과방에서 잠을 자서 그랬던 것 같다. 나는 속으로 집이 놀이터지 그럼 뭐냐고 중얼거렸던 것 같다. 내게 집은 놀고 먹고 자는 곳이지 일하는 곳이 아니다. 물론 종종 침대에 누워서 눈을 감고 다음에 무엇을 쓸 것인지 고민하기도 한다. 그러나 직접 타이핑을 하는 것은 언제나 카페에서다. 글을 쓰다가 잘되지 않으면 집에 온다. 그러고 바로 잠을 잔다. 내가 처한 문제에서 빨리 나와야 하기 때문이다. 나는 사람들에게 책상에서 일어나기가 시를 쓸 때 얼마나 중요한지 항상 강조한다.

시를 쓰다 보면 자기가 만든 논리나 세계에 매몰되곤한다. 거기서 빨리 벗어나지 않으면 안 된다. 그래서집이라는 탈출구가 있다는 사실. 거기선 놀 수 있다는 사실이 내겐 너무나 중요하다. 그러니까 글을 카페에서만 쓴다. 웃긴 건 내게 친구들과 함께 쓰는 작업실이 있다는 것이다. 그것도 집에서 5분만 걸어도 도착할 수 있는 곳에 있다. 그런데 거기서는 시를 절대로 쓰지 않는다. 친구들이 보통 저녁에 작업실에 오기때문에 낮에 거길 가면 똑같이 외롭고, 시간의 주인이 된 것 같겠지만. 그래도 시는 카페에서만 쓴다. 카페에선 음악도 나오고 길거리의 생활 소음도 약간 들리긴 하지만. 그리고 종종 손님도 많지만. 오히려 카페에 앉아 있을 때 가장 이방인이 된 느낌이 든다. 언제든 떠날 수 있다는 것이 카페의 장점이다. 작업실에가면 친구들이 올 때까지 기다리고 싶어지기도 하니까. 내가 근 4년간 다닌 카페는 '트랙26'이라는 곳이고, 집에서 20초만 걸으면 도착할 수 있다. 20초만 걸으면 문제가 생긴 시에서 탈출할 수 있고, 곧바로 침대에 누워서 낮잠을 잘 수 있다. 그래서 트랙26에 있으면 무섭지 않다. 뭐든 할 수 있을 것 같다. 실제로 트랙26에서 글을 쓰기 시작하면서, 내 글이 훨씬 더 만족스럽게 변했다. 모든 것은 유한하지만, 트랙26이 영원하길 바란다. 나는 굉장히 은둔형 인간이기 때문에 웬만해서는 동네를 절대 떠나지 않는다. 그래서 친구들과의 약속도 항상 트랙26에서만 잡는다. 친구들을 만나면 나는 시 얘기만 한다.

약간 정리가 필요할 것 같군. 나는 자주 새벽 5시에서 6시 사이에 일어난다. 그러면 11시에 카페가 열 때까지 기다려야 하기 때문에, 가장 좋은 기상 시간은 10시 정도가 될 것이다. 그런데 이상하게 그때 일어나지를 못한다. 일어나면 샤워를 하고, 인터넷을 하거나 게임을 한다. 소파에서 고양이와 함께 앉아 있다가 6시 반 정도에 창문을 열어 준다. 비둘기가 앞집 지붕에서 걸어 다닌다. 고양이가 좋아한다. 7시 반 정도에 고양이 밥을 준다. 아내가 출근한다. 그러면 이제 고민에 빠진다. 아침을 먹을 것인가? 근데 아침을 먹으면 졸리기 때문에 11시가 되기 전에 잠을 자게 되는 불상사가 일어날 수 있다. 그래서 보통은 먹지 않으려고 한다. 빨래나 설거지를 한다. 청소를 할 때도 있다. 그러고도 시간이 좀 남는다. 고양이와 함께 침대에 누워서 오늘 쓸 시를 생각한다. 이때 오늘 내가 시를 무엇이라고 생각할지 고민한다. 11시가 되면 갑자기 나가기가 싫다. 시가 무섭기 때문이다. 하지만 나는 알고 있다. 카페에 가서 앉으면 무섭지 않다. 그래서 마음을 굳게 먹고, 사랑하는 고양이를 두고 맹렬하게 카페로 간다. 차가운 아메리카노를 주문한다. 나는 항상 글을 쓰기 전에 어제 쓴 글, 그제 쓴 글, 한 달 전에 쓴 시들을 읽어 본다. 그리고 그것들을 쓸 때 했던 일들을 반복하지 않겠다고 결심한다. 어떻게 하면 그럴 수 있을지 고민한다. 그러고는 시를 쓴다. 어떻게 쓰는지에 대한 디테일도 밝힐 수 있지만 오늘은 언급하지 않겠다. 어쨌든 중간에 담배를 피우러 잠깐 밖으로 나간다. 담배를 끊고 싶은데 시를 쓸 때는 담배와 커피가 너무 중요하다. 아마도 내가 수면 무호흡과 심한 코골이가 있어서 그런지 잠을 자도 개운하지가 않고, 커피를 마시지 않으면 항상 졸리다. 담배가 없으면 시를 쓰다가 잠깐 탈출하기가 어렵다. 나는 항상 시에서 탈출할 수 있는 버튼을 가지고 있어야 안심이 된다. 나는 보통 2시 30분 정도에 시 쓰기를 멈춘다. 바로 집으로 가지는 않고, 오늘 쓴 것을 점검한다. 사실 점검한다는 건 거짓말인 것 같은데. 나는 시를 쓰기 전에 대충 어떻게 쓸지 생각을 정리하고서야 시를 쓰기 시작하기 때문이다. 그래서 보통은 아무것도 쓰지 못하거나 어떤 시를 쓸지에 대한 작업노트, 일기 등을 쓴다. 정작 시를 쓰지 못하고 집으로 가는 일이 잦다. 모든 준비가 되었을 때 비로소 시를 쓰기 시작하는데, 보통 시를 본격적으로 쓰기 시작한 날 시를 완성하는 편이다. 나는 퇴고를 좋아하지 않는다. 시를 쓰고 몇 년이 지나서 퇴고를 하는 경우는 있지만, 어제 쓴 시를 오늘 고치지는 않는다. 어쨌든 작업이 끝나더라도 3시 30분에서 4시 30분까지 카페를 떠나지 않고 오늘 했던 사유와 관련이 깊은 단행본을 온라인 서점에서 검색하거나, 영화나 예술 작품을 찾아보거나 한다. 논문도 읽어 본다. 타인의 글이나 작품은 보통 내 시에 영향을 주지 않는다. 예전엔 남들의 작업이나 생각에서 영감을 얻어 시작하기도 했지만, 그런 작업 방식은 묘하게 시에 대한 두려움을 증폭시키기도 한다. 남과 나를 비교하게 되기 때문이다. 남의 작업을 비하하거나 존중하거나. 그런 일들은 시 쓰기에 별로 도움이 되지 않는다. 그럼에도 나는 책을 읽거나 논문을 읽거나 보고 싶은 영화나 조각품을 검색하곤 한다. 아무 도움도 되지 않을 것을 경험상 알고 있음에도. 좀 헛헛해서 그러는 것 같다. 그러고 집에 간다. 고양이에게 간식을 준다. 그러고 보통 낮잠을 잔다. 일어나서 집안일을 한다. 하면 좋다. 보통은 자느라고 아내가 퇴근할 때까지 누워만 있는다. 근데 아내가 도착하기 전에 집안일을 하고, 밥을 해 두면 아주 좋다. 고양이 밥을 준다. 그러고 게임을 한다. 나는 게임을 엄청나게 좋아한다. 하지만 재밌는 게임이 별로 없다. 그래서 잠이 들기 전까지 인터넷에서 하고 싶은 게임을 찾아다닌다. 찾고, 찾고, 찾다가 잠에 든다. 이것의 반복이다. 시를 쓰지 않고, 에세이를 쓰거나 여러 소일거리(물론 대부분 글 쓰는 일이다.)를 할 때에도 이 루틴을 거의 그대로 유지한다. 그러나 시를 쓰지 않는 날에는 저녁에 약속을 잡아도 상관이 없다. 그리고 그냥 낮에 약속을 잡아도 상관이 없다. 시가 아닌 다른 글은 워낙에 내게 어떤 두려움도 주지 않기 때문이다. 그래서 약속 때문에 쓰지 못하는 날엔 글을 안 써도 된다. 나중에 써도 금방 쓴다. 그 점이 다르다. 시는 다른 약속을 취소시킨다. 이것이 김승일이란 시인의 루틴이다. 이 루틴을 일정하게 반복하며 살면서. 나는 너무나도 큰 행복을 느낀다. 문제는 루틴이 깨지곤 한다는 것이다.

루틴이 깨진다

　날씨는 루틴을 깬다. 어쩌면 계절 단위로 창작 루틴이 짜여 있는 것 같기도 한데. 나는 봄에는 시를 조금 쓸 수 있고, 여름에는 아주 많이 쓸 수 있고, 장마철에는 하나도 쓰지 못하며, 가을에는 장마철에 쓰지 못했던 글을 써야 해서 필사적으로 노력하는 편이며, 겨울에는 겨울잠을 자느라고 글을 거의 쓰지 못한다. 여름을 좋아하는 이유는 여름이 생각보다 온도를 컨트롤하기가 쉽기 때문이다. 더우면 냉방기를 켜고 너무 추

26　　　　　　　　　　　　　　　　　　　　　　김승일

우면 끈다. 온도가 적당하면 오로지 글에만 매진할 수 있다. 게다가 여름엔 아침 일찍 해가 뜬다. 해가 뜨면 세상이 더 선명하고. 선명한 낮의 골목길은 흐린 낮의 골목길보다 고요하게 느껴진다. 그러나 장마철엔 해가 뜨지 않는다. 해가 뜨지 않으면 그건 오전 11시거나 오후 5시거나 다를 게 없는 거다. 그리고 비가 오면 허리 디스크가 도지고 매우 우울하다. 그래서 장마철엔 쓰지 못한다. 봄과 가을도 글을 쓰기에 최적의 계절은 아니다. 이미 실내 온도의 통제권이 점점 더 내게서 멀어지는 기분. 환절기에 찾아오는 비염. 하지만 뭐 어쩌겠는가. 그래도 써야지. 쓰면 기분이 좋으니까. 하지만 겨울엔 힘을 내기가 어렵다. 나는 1년 내내 맨발에 슬리퍼만 신고 다니는 사람인데, 겨울에도 그런다. 겨울에 밖에서 돌아다니면 발이 꽁꽁 언다. 카페에서도 추운 발을 허벅지 사이에 끼워 넣어야 한다. 그러면 자세가 좋지 않아서 허리가 더 빨리 아프게 된다. 게다가 겨울엔 잠에서 깨는 게 너무 어렵다. 깨지 않고 자기가 너무 쉽다. 겨울에 나는 27시간씩 잠을 자기도 한다. 실제로 최근 발견한 사실인데, 근 4년 동안 8월과 12월, 1월에는 시를 평균 1편밖에 쓰지 않았다. 날씨는 루틴을 깬다.

　홍분은 루틴을 깬다. 나는 몇 년째 수요일에 시 창작 수업을 한다. 나는 수업 중에 말을 정말 많이 한다. 그러고 집에 오면 저녁 10시 반 정도 되는데, 너무 흥분해서 잠이 오지 않는다. 그러면 낮밤이 바뀌고. 낮밤이 바뀌면 시를 쓰지 않는다. 다행히 목요일엔 트랙26이 휴무일이다. 그래서 나는 일부러 수업 요일을 계속 수요일로 잡는다. 시를 쓰면 홍분을 한다. 시를 하나 쓰면 너무 만족스럽고, 아직 아무에게도 보여 주지 않았는데도 세상 모든 사람에게 말을 건 것처럼 홍분이 된다. 그러면 잠을 자지 못한다. 그러니까 나는 시를 쓰면 다음 시를 연이어 쓰지 못한다. 루틴을 해치지 않는 선에서, 우울이나 홍분 그 자체가 시 쓰기에 방해가 되는 것은 아니다. 오히려 우울이나 홍분을 시에 반영할 수 있으니까 큰 문제는 아니다. 하지만 우울이나 홍분은 과식을 부른다. 과식은 잠을 부른다. 잠은 종종 끝나지 않는다. 잠은 루틴을 깬다. 생일은 루틴을 깬다. 새로 나온 엄청나게 재밌는 게임은

　　　　　　　　　　　　　김승일

루틴을 깬다. 나에게 상처받은 사람은 루틴을 깬다. 장례식은 루틴을 깬다. 결혼식도 루틴을 깬다. 명절은 루틴을 깬다. 그러나 머리와 목과 허리의 통증만큼 루틴을 확실하게 깨는 것은 없다. 그러니까 운동을 해야 한다. 필라테스를 3년째 하고 있다. 통증이 없는 것은 아니지만 확실히 병원에 갈 일은 더 생기지 않았다. 운동을 늘려야 한다. 나는 시를 더 많이 쓰고 싶다. 나는 그럴 수 있다.

미래의 루틴 상상하기

매일 운동을 했으면 좋겠다. 무슨 운동인지는 상관이 없을 것이다. 그리고 나는 미래에, 조금 먼 미래의 루틴을 상상한다. 나는 극장을 가진 사람이다. 나는 극장으로 출근한다. 무대 위에 책상을 하나 두고, 거기 앉아서 시를 쓰면 좋겠다. 관객들에게 내가 무슨 생각을 하고 있는지 알려 주면서. 왜 지우는지 설명하면서. 그렇지만 매일 사람들 앞에서 쓰는 건 좋지 않을 수도 있겠다. 어쨌든 매일 출근한다. 사람들에게 오늘은 시를 무엇이라고 생각하는지를 말한다. 그리고 집 앞의 카페로 간다. 거기서 시를 쓴다. 집으로 와서 잠을 잔다. 게임을 한다. 고양이를 사랑한다. 잔다.

어느 날 일어나니 겨울이다. 나는 겨울엔 다른 나라로 간다. 거기는 더운 나라다. 그래서 온도를 통제할 수 있다. 나는 카페에 간다. 시를 쓰기 위한 겨울 방학이다. 아 그런데 고양이가 있잖아. 고양이 때문에 여행을 갈 수 없을 것 같아. 고양이가 없어지면 여행이고 뭐고 시고 뭐고 쓰고 싶지 않아질 수도 있어. 그러진 않을 거야. 하지만 고양이가 없어지지 않았으면 좋겠어. 고양이와 함께 사는 일이 너무 좋아. 나는 시 쓰는 사람이라면 누구나 고양이와 함께 살아야 한다고 생각해. 어쨌든 나는 영원히 고양이 때문에 겨울에 다른 나라로 떠날 수는 없을 것 같다. 이민을 가는 것도 좋겠어. 날씨가 없는 행성으로. 거기에 가면 온도를 통제할 필요가 없어. 거기엔 날씨가 없거든. 그래서 항상 일찍 일어날 수 있고, 시를 못 쓰는 날에도 날씨 탓을 더는 할 수 없을 거야. 그리고 고양이도 있고.

아내도 회사를 가지 않아. 그래서 내가 카페에서 글을 다 쓰고 커피를 하나 사서 집에 돌아가는 거야. 의기양양하게. 어땠어? 날씨가 없었어. 그래서 시를 썼어. 그래서 조금 흥분이 돼. 그리고 커피도 많이 마셨어. 그래서 오늘 잠이 오지 않을까 두려워. 근데 그거 알아? 오전 11시에 카페에 가서 커피를 마셨잖아. 그래서 저녁엔 카페인이 다 배출될 것 같아. 그리고 알지? 난 이제 코를 골지 않아. 수면 무호흡도 고쳤어. 그래서 내일 또 카페에 갈 거야. 목요일엔 카페에 가지 않잖아? 아 맞아. 그럼 목요일만 시 쓰지 않는 날이야. 날씨가 없어서 참 좋다. 신이 없는 것처럼. 하지만 항상 기도를 했지. 날씨가 없는 이곳에 올 수 있게 해 달라고. 날 여기 갖다 놓은 것은 신일지도 몰라. 하지만 여기엔 신이 없어. 변덕스러운 어떤 것도. 고양이를 제외하곤. 내 감정을 제외하곤. 아 생각보다 변덕스러운 것이 많구나. 날씨가 없어도 말이야. 하지만. 적어도 날씨는 변덕스럽지 않아. 그래서 나는 루틴을 잘 지킬 수 있지. 시인의 루틴. 내 시의 거의 모든 것.

한 다스의 혼자

서윤후

서윤후

2009년 《현대시》로 등단하며 작품 활동을 시작했다. 시집 『어느 누구의 모든 동생』 『휴가저택』 『소소소小小小』 『무한한 밤 홀로 미러볼 켜네』, 산문집 『햇빛세입자』 『그만두길 잘한 것들의 목록』 등을 펴냈다. 제19회 박인환문학상을 수상했다.

시작도 끝도 없이

규칙을 세우고 지키는 일보다 규칙을 깨뜨리면서 파생되는 생활들을 조금 더 좋아한다. 아무래도 규칙은 생활을 효율적으로 다루는 데 효과적인 방법이지만, 반복을 거듭해야 한다는 점에서 재미는 없다. 뿌듯하고 보람된 마음이 무언가를 쓰고자 하는 마음으로까지 옮겨지지 못할 때는 더 그렇다. 가끔 엉뚱한 장소에 가서 시를 쓰거나, 전혀 써 본 적 없었던 시간대에 책상에 앉아 보는 것이 나은 방법일 때도 있다. 반복이 생활을 견고하게 만들지만 그 와중에 나를 낯설게 두는 일을 멈추지 않았다. 그것이 나의 규칙이라면 규칙이랄까. 어색해서 몸서리칠 때가 더 많지만, 내가 모르는 시간을 살고 싶다. 그래서 시를 쓰는 것일지도 모르겠다.

　'시를 쓴다'라는 말에는 '사로잡힘'이 담겨 있다. 시에 사로잡힌 순간부터 나는 이유 없이 시를 썼다. 딱히 이유를 모르는데도 전력을 다할 수 있다는 것이 좋았다. 시에게 끌려다닐 수밖에 없는 이유를 알고 싶어서 읽고 쓰는 일을 반복했다. 반복하더라도 읽고 쓰는 일은 매번 다르게 다가왔다. 심지어 같은 것을 여러 번 읽어도 나의 리듬이나 상황에 따라 전혀 다르게 읽힐 수도 있다는 것이 흥미로웠다. 밤의 송곳니에 기꺼이 물려 주면서 시를 헤매 왔고, 시를 해찰하는 동안 알게 된 뜻밖의 진실들은 나를 이해하는 데 좋은 재료가 되었다. 몰랐어도 될 일들일 수도 있지만 그건 사로잡혔기에 알 수 있었다. 나를 사로잡았기에 시에게는 질서가 없었다. 창작은 혼돈의 벌판에 서야 비로소 시작할 수 있는 일이므로, 질서 없는 시를 쓰는 생활 역시 흐트러질 수밖에 없었다. 밤낮의 구분 없이,

출퇴근 없이, 시작도 끝도 없이 시가 찾아오는 시간은 나를 마음껏 열어 드나들었다. 내가 세계를 건너는 동안에 나는 한동안 무질서였다. 규격 없는 시의 크기가 좋았고 부피가 내 몸에 제법 맞는 것 같았다. 나를 정렬하며 길들이고 싶어 하던 것들과는 사뭇 다른 양상이었다. 시에 사로잡혔다는 사실을 인정한 순간부터 시는 점점 나의 생활이 되어 갔다. 나는 생활 속에서 시를 영위하기 위해 부단히 노력했고, 그것은 지금도 유효한 일이다. 사로잡힘 속에서 내가 할 수 있는 것은, 나를 사로잡은 시가 내게로 온 궁극적 이유나 의미를 추궁하는 일이 아니었다. 붙잡히는 일, 함께 붙잡는 일이었다. 시와 내가 서로를 붙잡고 운명의 공동체처럼 내 삶의 어떠한 이유가 되어 가기를 내심 바랐던 것인지도 모른다.

　나를 세어 볼 수 있는 단위를 말하기에는 열두 자루의 연필을 부르는 한 다스로도 충분하다. 형형색색의 큐브를 맞춰 가는 신중한 사람이 되어 지금껏 나를 구성해 온 것들을 하나씩 찾아 맞춰 본다. 창작의 시간 속에서 내가 지켜 온 것은 무엇이었을까. 몸으

로 익힌 생활의 리듬이랄지, 필수적으로 창작에 동반
되어야 하는 조건이나 환경이랄지, 그런 것들이 있지
만 절대적이지는 않다. 어쩌면 루틴이라고 할 수 있는
것은 고정된 시간의 형태일 텐데, 나의 시간은 언제나
고정된 무언가와 투쟁하며 쌓여 왔다. 그것은 내가 시
에 사로잡힌 순간부터 시간에 반응하는 발작 중 하나
였다. 그럼에도 나를 엉거주춤 이루고 있는 기준이나
규칙은 분명하다. 그것을 철회하기도 하고, 심판하기
도 하며, 철석같이 지키기 위해 더 많은 것을 위반하
며 살아간다.

커피와 담배로 재구성된 모래시계

　나는 스무 살이 되던 해에 커피와 담배를 배웠다.
배웠다기보다 스스로 중독된 것에 더 가까운데 그렇
다면 그 당시에 시작한 시를 빼놓을 수 없다. 중고등
학교 시절에는 담배를 피우는 친구가 있으면 절교하
느라 바빴다. 그 당시 나의 윤리는 친구들 사이에서

유독 엄격하게 적용되었다. 시를 통해 해방감을 느낀 것은 대학에 막 진학해서였는데, 내가 세상을 향해 조금 더 너그럽고 유연한 태도로 열리게 된 것도 그때라서, 커피와 담배를 시작한 시기와 맞물려 있다.

커피와 담배는 내가 시를 쓰는 동안의 시간을 가리키는 것이다. 처음에는 커피 마시는 일을 좋아해서, 담배에 중독되어서라고 생각했는데 나에게 창작 연료를 부어 주는 만큼 시간을 앗아 가는 것이기도 해서 시간을 세는 하나의 단위로 읽혔다. 커피 몇 잔, 담배 몇 개비로 내가 시를 쓰는 데 시간을 얼마나 들였는지 대충 가늠할 수 있게 된다. 단순히 숫자가 퍼붓는 시간을 감지하는 것이 아니라는 점에서 새롭게 다가왔다. 커피와 담배를 통해 온전히 내 시간이 시와 만나 녹아 가는 것을 느낀다. 그래서 커피를 마실 수 없는 상황이나 담배를 피울 수 없는 제한된 상황이 될 땐 작업이 잘되지 않는다. 가늠할 수 없는 시간이란 매우 곤란한 것이었으니까. 실내에서 흡연이 가능했던 시절에는 자주 카페에 가서 작업을 했다. 지금은 그럴 수가 없어 저절로 집에서 주로 창작을 하게 되었다. 적당한 긴장감을 머금으면서 백색소음을 새겨듣던 카페에서 내가 가장 자유로워질 수 있는 환경으로 옮겨 왔다.

재떨이를 비우면서 우리는, 이만큼 시를 쓴 것이라면 참 좋겠다고 친구와 이야기한 적이 있었다. 주문하려고 서면 자동으로 매일 마시던 것을 내어 주던 단골 카페에서의 일이었다. 우리는 매일 같은 카페, 같은 자리에 앉아서 시를 썼다. 몇 잔의 커피를 비우고, 몇 번의 재떨이를 비울 때면 대충 시에 쏟아붓던 시간을 셈할 수 있었다. 숫자로는 환산되지 않고, 어둡고 혼탁하며 다시는 돌아갈 수 없는 시간들이었다.

오래된 주유소에 낡은 자동차를 세우고 주유하는 시간처럼 커피를 내린다. 그 시간이 가장 평화롭고 좋다. 시와 대치하기 직전의 시간. 천천히 우러나는 헤이즐넛 커피 향을 맡으며 내게 헤맬 수 있는 이야기를 잠깐 가늠해 보는 일은 희망적으로 느껴지기도 한다. 책상 위엔 다 마시고 치우지 않은 머그잔들의 교통정리가 필요하다. 담배는 떨어지지 않도록 미리 사 두었기에 출발하기만 하면 된다. 이 시간을 만나기 위해 가끔은 너무 오랜 시간 걸쳐 온 것 같다고 느껴지기도 한다. 가끔은 세어 보지 않아서 시간은 아름답고, 때로는 세어 볼 수 있어 징그럽고, 가끔은 시간 앞에서 그 무엇도 할 수 없어 속수무책이다. 시는 시간의 걸음마처럼 느껴진다. 나는 시간의 심부름을 받아 언어를 부축한다. 언어가 때론 부상당한 나를 일으켜 세우기도 한다. 그렇게 시는 약속 시간에 만나게 되는 오랜 시계탑의 형상처럼 나의 폐허에, 근미래에, 허겁지겁 도착한 오늘 위로 세워져 있다. 약속이라도 한 듯이.

불면수첩

재미있는 것은 루틴이라고 부를 수 있는 것들 중 일부는 내가 선택하지 않은 것들로 점철되어 있다는 것이다. 시가 나를 제때 찾아오는 것이라면 정말 좋겠지만, 뒤늦게 찾아오는 응석받이들이 더 많다. 시를 쓰게 되면서 오랫동안 지속되고 있는 것 중 하나는 수면 직전에 찾아오는 시에 대한 단상이나 막혀 있던 첫 구절 같은 게 있다는 것이다. 처음에는 잠들기 직전에 찾아오는 다양한 영감을 잠에서 깨어나자마자 반드시 기억해 내겠다고 다짐하면서 잠을 먼저 청했다. 다음 날이면 거짓말처럼 잊어버렸다. 힌트 하나 남기지 않고, 마치 없었던 일처럼 돌연 사라져 버린 것들이 하루하루 늘어나자, 나는 작은 수첩을 머리맡에 두고 잠들었다. 잠이 들 찰나가 되면 어김없이 아직 쓰지도 않은 나의 시를 누군가가 불러 준다. 눈 감은 채로 그것을 받아 적기 시작했다. 그러고 나면 잠은 쏜살같이 달아난 뒤였다. 왜 꼭 잠들 무렵에만 찾아오는 것일까. 가혹한 밤을 끌어안으면서부터 불면은 시작될 수밖에 없었다.

밀려드는 파도를 미처 피하지 못한 채, 물에 젖은 발로 백사장을 걸어 돌아오는 기분이다. 축축하고 무겁다. 내게 잠을 자는 일이란 그렇다. 아무것도 찾아오지 않고, 버려진 느낌으로 잠드는 날이 오히려 더 좋았다. 아무것도 바라지 않을 테니 그저 깊은 잠만 달라고 애원하던 날들이 많았다. 그러나 나의 불면수첩은 언제나 알아보기 힘든 필체로 차올랐다. 아침에 가장 먼저 하는 일은 불면수첩에 적힌 언어를 해독하는 일이었다. 그것을 보기 쉽게 고쳐 놓아야 하는 소일거리가 생긴 셈이다. 몇십 편의 초고는 한밤중에 써 내려간 것들의 문법이다. 메모가 아니라 시의 형태로 내려앉은 것들. 잠과 교환해 비몽사몽으로 쓴 시를 간직했다. 수첩 속 일그러진 글자가 마치 나에게 솔직했던 태도 같아서, 완성도나 만족감 상관없이 감은 눈으로 그 진심들을 환영했다. 낮과 밤이 나눠 갖는 시간의 수평선에 서 있는 기분이었다. 오후 2시의 생각이 새벽 2시의 교차로에 들어서는 것을 막을 수 없었다. 물론 어떤 것도 기록하지 않고 보내 준 것들도 더러 있다. 일어나서 기억하리라 다짐했다가 정말 기억이 나서 아침에 받아 적은 것들도 있다. 그중의 팔 할은 시가 되지 못했지만 불면수첩은 나를 드나드는 손님들의 방명록처럼 두꺼워지고 있다. 어떤 단어가, 어떤 상황이, 어떤 안부가, 어떤 이름이 나를 다녀갔는지 확인하는 캄캄함 밤에, 나는 수첩 앞에서 가장 떠들썩한 혼자가 된다.

아침에만 하는 것

아침을 좋아한다. 개운하고 맑아지는 기분을 갖는 것, 무언가를 시작하기에 좋은 시간이 된다는 것, 아침에만 가지는 고유한 풍경들이 나에게는 생기처럼 느껴졌다.

아침을 좋아하게 된 것은 회사 생활을 시작하면서 부터다. 군 복무 시절, 나는 시가 너무 쓰고 싶어서 혼자가 되는 불침번 시간을 늘 기다렸다. 직장인이 되어서는 아침의 시간이 그러했다. 밤에 저지른 일을 아침에서야 수습하는 마음으로 시를 쓰거나 고치곤 한다. 특히 주말 아침이면 더없이 좋다. 밤새 써 둔 시를 탁자 위에 올려놓고 잔 다음, 다음 날 아침 따뜻한 커피 한 잔과 잘 깎은 연필 한 자루를 쥐고 아침의 얼굴로 읽어 간다. 아침은 처음 보는 얼굴이라도 마주한 것처럼 낯설게 서로를 서걱일 수 있는 시간이다.

많은 독자는 내게 물어보곤 했다. 시 쓰기와 회사 생활을 어떻게 병행하는지. 불가피한 상황을 어떻게 지혜롭게 대처하는지 방법을 묻는 질문이었는데 그

때마다 나의 대답은 항상 아침이었다. 요즘 유행하는 미라클 모닝 같은 것엔 영 자신이 없지만, 아침에 잠깐 시에게 시간을 내어 주는 일이 필요했다. 밤에 쓴 초고를 프린트해 잠깐 따뜻한 시 한 편을 탁자 위에 두고 서서히 식어 갈 시간이 시에게도 필요하듯이. 다 지친 몸으로 저녁이 되어서 무언가를 쓰거나 읽는 시간보다, 아침의 표정으로 단 몇 분이라도 시를 생각하거나 시가 되는 일이 효율적이라고 생각했고, 실제로 성과가 있었다. 밤의 간절함보다 아침의 절박함이 더 많은 것을 데려오는 몸이 되고서부터 나는 아침을 종교처럼 믿게 되었다. "그게 너도 나이가 들어 간다는 뜻인 거야."라고 친구들이 애석하게 말하지 않았으면 좋겠다고 생각하면서.

밤에 기대어 쓰게 된 시들이 거품처럼 꺼지는 아침의 처참함이 때로는 필요하다. 나보다 시에게 더 필요하다. 밤에만 풍성해지는 감정으로 언어를 넉넉히 고르는 일 다음에는 아침의 까다로운 검수자의 점검이 필요하다. 밤에 미뤄 둔 일을 아침에 하는 것이 아니라, 아침에는 아침의 할 일을 하는 것이다. 아침에는 밤의 번역 속에서 오역된 부분을 알아차릴 수 있어야 한다. 밤에서 아침으로 건너온 나를 일으켜 세운 다음, 시가 여기에서 계속되고 있다는 사실을 알려 주는 것이 중요하다.

두 번째 출근

그러나 아침에는 많은 것을 할 수 없다. 그래서 회사 생활을 하면서, 단행본 단위의 원고를 작업할 때에는 무척 곤혹스럽다. 물리적으로도 시간이 부족할 뿐만 아니라 몰입과 흐름이 자주 깨지기 때문이다. 원고에 필요한 일관된 느낌을 유지하기 어렵다. 이럴 땐 매일 반복적으로 루틴을 가지는 노력이 필요하다. 효율적인 기준을 바탕으로 일시적인 규칙을 세운다. 엉성하게 붙잡고 있을 바에야 휴식을 취하며 체력을 비축하는 것이 더 낫다. 그래서 나는 퇴근 후에 카페로 다시 출근한다. 이것은 소리 없는 두 번째 출근이고, 두 번째 퇴근은 저녁 먹을 시간이 지나 배고픔을 참을 수 없을 때 하는 것으로 정해 둔다.

보통 퇴근 후 배고파질 때까지의 시간은 한두 시간이 채 걸리지 않는다. 어떤 날엔 커피를 주문하자마자 배가 고파지는 일도 있고, 어떤 날엔 전혀 배고프지 않아 마감 시간까지 글을 쓴 적도 있었다. 매일 같은 시간에 왔다가 같은 시간에 돌아가는 시간의 간격을 쓰는 것이 아니라, 시간을 본능에 맡기는 것이다. 공복이라는 상황에 놓여 있는 나에게 맡기는 작업이다. 배고파서 집중이 흐트러질 때는 뒤도 돌아보지 않고 집으로 돌아간다. 늦은 저녁을 먹은 다음, 내가 소진한 만큼의 시간을 쉰다.

물론 이때에는 유혹이 많은 집이 아닌 비교적 덜 자유로운 카페를 일부러 찾았다. 퇴근 후에는 어쩐지 집의 모든 것이 엉망인 것처럼 보인다. 밀린 빨래나 설거지, 뒤엉켜 있는 서랍 속 물건들, 유통기한이 막 지난 것으로 가득한 냉장고, 바닥에 나뒹구는 머리카락이나 쓰러지기 일보 직전의 책 탑을 보는 것이 무척 괴롭기 때문이다. 공간을 전환해 시간을 확보하는 일을 나는 시를 쓰면서 처음 배웠다. 그것은 비행기를 타는 여행이기도 했고, 어떨 땐 생존 그 자체이기도 했다.

평소에 발표한 시들을 묶는 시집 작업과는 다르게 산문집 작업에는 이와 같은 방법을 반복했다. 산문집 『햇빛세입자』나 『그만두길 잘한 것들의 목록』 모두 퇴근 후에 쓴 원고들로 엮여 있어 어쩐지 마음이 글썽인다. 작업 소요 시간은 대략 6개월에서 1년이 걸렸다. 저녁에는 커피가 부담되고 공복인 경우가 많으니, 공복에도 무리가 가지 않는 차 종류나 과일이 들어가는 음료수에 대해서는 아는 정보가 많아졌다. 이때에도 음료는 내게 시간의 단위였으며, 한 가지 뜻밖의 기쁨은 수많은 커피 쿠폰이 쌓여 간다는 것이었다. 맛이나 취향이 아니라, 모래시계를 사는 기분으로 음료를 주문하긴 했지만 말이다.

실내를 장악하기

조금은 이상하다고 생각할 수 있는 이야기다. 나는 실내를 장악하는 방법으로 항상 빨래와 설거지를 했

서윤후

다. 그게 정말 실내를 장악하는 방식은 아닐 테지만 은유적으로 이해할 수도 있었다. 깨끗하게 씻은 물기 어린 그릇에서 맑은 물방울이 떨어지며 말라 갈 때, 건조대의 구역을 나눠 쓰며 각자 빨래가 바람에 말라 갈 때 무언가를 쓰기 시작하면 함께 이 공간을 살아 내는 기분이 들었다. 바닥과 겨루듯이, 바짝 엎드려 바닥을 닦아 내고 윤이 나는 풍경을 지켜보는 것이 좋았다. 생활의 정돈 속에서 함께 오롯이 무언가가 되어 간다는 느낌이 들면 비로소 실내를 장악했다는 생각이 들었다. 살림이란 실내를 장악하는 일일까? 그것은 시와의 접견 시간이 되었다는 신호이기도 했다.

학창 시절, 시험 기간만 되면 유독 책상이 깨끗한 사람이 바로 나였다. 교실에서는 책상 속이나 사물함 정리를 했으며, 집에서는 당시 두꺼운 유리가 깔린 책상을 썼는데 유리에 얼룩 하나 남기지 않고 윤이 나게 닦아 두었다. 애먼 일들을 사서 하던 시간이었다. 마감 기간이 되면 치울 것이 없나, 버릴 것은 없나 두리번거리며 집 안을 홀로 서성이는 일은 어릴 적 나의 기질로부터 발생한 루틴이기도 하다. 물론, 그 당시 나름대로 실내를 장악해 보려고 했으나 그만한 노력에 비해 좋은 결과는 얻지 못했다. 정답 없이 어쩌면 정답과 멀어지는 일로 시가 대답이 되는 일을 할 때에는 나의 방식이 효과적이기도 했다. 마감 기간이 되면 집 안 구석구석은 환하고 맑다. 내 어둡고 침침해진 시간이 부끄러울 정도로. 내가 장악한 실내 안에서 나는 최대한 바깥이 되어 간다. 그때부터 비로소 쓸 수 있게 된다. 안으로 침투하기 위해, 나의 맑고 깨끗한 생활로 다시 돌아가기 위해 부지런히 쓰게 된다.

제목으로 시작하는 거의 모든

내 창작 루틴에서 조금 특이한 점이 있다면, 그것은 어떤 글을 쓰더라도 반드시 제목을 먼저 짓고 시작한다는 것이다. 여러 동료들과 만나 이야기를 나눠 봤지만 제목을 먼저 짓고 집필을 시작하는 고집 있는 작가는 딱 한 사람밖에 보질 못했다. 제목을 지을 때 해당하는 작품의 내용을 아우르는 것이 제목이어야 한다면, 그 '내용'이 증명되어야 제목 짓기가 가능한 것이겠다. 나는 반대로 제목이 나오지 않으면 작품을 시작하는 게 어려웠다. 그래서 언제나 작품을 쓰는 시간 중 제목을 짓는 데 가장 오랜 시간을 들였다. 제목이 맺히면 이후에는 진행 속도가 한결 수월했다. 물론 제목을 고치게 되는 경우가 있더라도 반드시 제목을 먼저 짓고 작품을 시작했다.

이유는 내가 쓰고자 하는 것에 대한 선언으로써 제목을 이해하고 있기 때문이었다. 그 작품의 예고편이나 맛보기 같은 형식의 제목이 아니라, 그 작품의 에센스가 담긴 형태로 제목에 매료된 적이 많아서인지도 모른다. 단정한 모자 하나를 씌워 스타일을 완성하는 일보다 일종에 내가 쓰고자 하는 것을 외치는 방식으로 제목을 지었다. 지금 쓰고 있는 이 글도 한동안 실마리를 찾지 못하다가 '한 다스의 혼자'라는 제목을 먼저 정한 후에야 비로소 쓰기 시작했다. ('다스'라는 단위가 일제 강점기의 잔해라고 해서 단위를 '타'로 고쳐 사용하는 것을 권장하고 있다. 어쩐지 '한 타의 혼자'는 내가 원하던 느낌이 아니어서 권장 표현을 어기고 제목을 지었다.

제목이 바뀌게 된다면 무엇이 될지 궁금하다.) 시집에 수록된 50여 편의 시 중 몇 편을 제외하고는 모두 제목부터 시작한 경우다.

좋은 제목은 내용과 가장 먼, 그러나 너무 멀지 않은 측면에 있을 때 따라오게 되는 듯하다. 내용을 모두 다 쓴 다음 제목을 지을 땐 선택권이 별로 없지만, 제목을 자유롭게 지은 다음에는 제목을 반환점으로 내용을 조율할 수 있어 오히려 수월한 느낌이 든다. 작품의 대표성을 지니는 제목의 단위가 지어질 때부터 그 작품 내부의 많은 것을 결정하고 선택하게 된다. 시작이라는 의미에서의 제목과 끝이라는 의미에서의 제목이 서로 교차할 때가 가장 좋은 제목이 아닐까 생각하며 많은 제목을 만났고 많은 제목과 헤어지기도 했다. 그것이 꼭 근사한 제목이 아닐지라도, 내 작품의 바탕을 비추고 방향을 가리키며 쓰고자 했던 의미의 술래가 된다면 그 무엇이든 좋았다. 중요한 것은 제목이 먼저 다가와 내게로 맺힌다는 것이었고, 맺힌 것을 털어 내기까지 나는 아무도 눈여겨보지 않던 이파리였다가 중요한 순간을 앞둔 이파리가 되기도

서윤후

한다.

　물론 예외도 있다. 최근에 출간한 시집에 수록된 시 중 「금붕어 불꽃」이라는 시가 있다. 이 시의 원래 제목은 「여름 앨범」이었다. 그것은 한동안 내 블로그의 제목이었다. 이 제목과 어울리는 시를 쓰고 싶어서, 의심 없이 이 제목을 달아 쓰고는 지난 계절에 문예지에도 발표를 했다. 그때 만나고 있던 친구와 일본 노래에 대해 이것저것 떠들다가 내게 들려주었던 것이 오오츠카 아이의 「금붕어 불꽃」이라는 노래였다. 처음엔 원제 그대로 알려 줘서 제목도 가사도 알아들을 수 없는 '이 노래'에 불과했지만 노래의 분위기에 흔들려 번역해 본 제목에 꽂히게 된 경우였다. 잊고 있던 나의 이름 하나를 불러 주는 느낌이 들었다. '금붕어'와 '불꽃'이 합성어가 되면서 파생되는 다양한 이미지가, 비로소 내가 '여름 앨범'이라고 상정하며 쓴 것들과 잘 어울리게 되어 의심 없이 제목을 변경하기도 했다.

　제목은 우연과 필연의 점성술이다. 어떤 것은 태어나기 전부터 이름이 먼저 오는 것이 있고, 어떤 것은 한 시절을 끝내고 뒤늦게 갖게 되는 이름이 있다. 부르면서 갖게 되는 이름이 있고, 부르면서 잃어버리게 되는 이름도 있다.

예열 상태

한동안 트위터를 열심히 했다. 목적과 용도가 분명했기 때문인데 그것은 마감 전에 나를 예열하기 위함이었다. 140자의 철학을 깨우치며, 마구 떠오르는 단상을 조약돌처럼 던지면 퐁당퐁당 누군가의 발등을 찍기도 하고, 서서히 울리는 물의 파장이 되기도 했다. 아무것도 되돌아오지 않을 때가 더 많았지만 혼자서 들끓고 무언가를 지웠다 썼다를 반복하며 시 쓰기에 가장 적합한 예열 상태가 되고는 했다.

지금은 트위터를 그만두었지만 더 오래전부터 예열 상태가 되기 위해 해 오던 것은 일기를 쓰는 일이었다. 오늘 하루 있었던 일을 쏟아 내며 우산을 쓰는 일처럼 은밀하고 안전한 시간이었다. 또 일기는 촘촘

한 거름망에 나를 붓고 기다리는 일이었다. 충분한 여과 시간이 끝난 뒤에도 여전히 잔존해 있는 것들이 있다면 그것을 주로 시에 가져갔다. 생활 언어로도 꾸밀 수 없는 마음이나 감정, 정서들은 언제나 시 앞에서 만날 수 있었다. 무언가 반드시 해결되거나 이유를 알게 되진 않았지만 손쓸 수 없을 정도로 내버려 두진 않을 수 있어서 좋았다. 시를 쓰는 동안 많은 것들이 피폐했지만 어떤 부분은 윤택하고 말끔해지는 것을 느꼈다. 아픈 곳을 비로소 알게 되는 것만큼 좋은 치유가 없었기 때문인지도 모르겠다.

그래서 나는 시 창작 수업에 나갈 때면 일기 쓰기에 대해 여러 번 강조하곤 한다. 나 때문에 덜컥 트위터나 블로그 계정을 만들었다가 며칠 이어 가지 못하고 그만둔 유령 계정들을 친구로 많이 두고 있다. 그것은 어쩔 수가 없다. 자기와 맞지 않는 방식일 수도 있으니까. 그러나 적어도 문학에 뜻을 둔 사람은 하고 싶은 말을 오랫동안 간직하던 사람이다. 특히 시는 하고 싶은 말을 다 하지 않을 때 오는 아름다움이 있어서, 반드시 스스로 여과 작용을 지나야 한다고 생각한다. 나는 그것을 예열 상태로 오인하고 있었던 것인지도 모른다. 물론 예열 과정에서 쓴 것들이 시간이 지난 뒤 더 볼품없어 보이는 것은 미지근해져서다. 과열된 양상이기도 하고, 거의 다 식어 버린 것도 적지 않지만 시 쓰기에 돌입할 수 있는 자기만의 온도를 간직할 수 있다면 언제든지 예열 상태로 진입해 시 쓰기 모드로 전환할 수 있다. 어떨 땐 여과 상태로 흘려보낸 것들에게서 뜻밖의 소재를 찾기도 한다. 수년 간 일기를 써 온 나의 블로그가 그렇다. 내가 어떤 생각을 하고 있었는지 궁금한 단어나 주제를 블로그 내 검색창에 입력해 보고는, 떠나온 징검돌들을 다시 밟을 때 무언가를 떠올리기도 한다. 어떤 날에는 사랑을 증오했고, 어떤 날에는 사랑 없이 살 수 없었으며, 어떤 날에는 사랑을 꾹 참아 왔던 나를 볼 수 있다. 나도 설명할 수 없었던 사랑의 여정을 그렇게 볼 때, 내가 희미하게 켜 왔던 예열의 시간이 모닥불 놀이가 끝난 뒤에도 잠깐 뜨겁게 살아 있는 불씨처럼 내 곁에 남아 있다.

서윤후

배경음악

나는 듣기에 중독되어 있는 사람이다. 혼자가 되었을 때 이어폰이나 헤드폰을 귀에서 떼 본 적이 거의 없을 정도다. 집에서는 온갖 음향기기를 활용해 고요함을 채운다. 카세트테이프부터 LP플레이어는 물론, 최신곡이 사방에서 흘러나올 수 있는 블루투스 스피커가 있다. 원고를 집필하기 전에는 음악을 감상하게 된다. 흥얼거리거나 알고 있는 노래를 따라 부르기도 하면서. 음악은 내가 몰입했는지를 알 수 있는 묘책이기도 하다. 흥얼거리던 노래가 들리지 않게 되거나, 듣고 있다는 상태 자체를 까마득하게 잊어버릴 때가 있다. 수십 곡의 재생 목록에서 순식간에 노래를 건너뛴 것 같은 느낌이 들 땐 비로소 내가 원고에 집중하고 있다는 것을 알 수 있다. 그것을 아는 것은 사실 별로 중요하지 않다. 다만, 내가 외부의 소리로부터 내면의 음소거 상태로 갈 수 있었다는 사실이 내 상태를 확인할 수 있게 한다. 어떤 날엔 아주 조용한 노래도 시끄럽게 들릴 때가 있고, 또 어떤 날엔 소리 한 올도 집에 퍼지지 않게 소리 나는 것을 꼭꼭 잠글 때도 있다. 생활 속의 내가 얼마만큼 열려 있고 닫혀 있는지를 아는 것이 곧 쓸 때와 쓸 수 없을 때, 써야 할 때를 알아차리는 기준이 되었다. 이것은 시계를 보는 일, 주소를 읽는 일과 구분되는 방향 찾기다. (가사가 직관적으로 들리지 않는 노래를 주로 찾아 들었다. 근 몇 년 동안에는 일본 쇼와 시대의 노래를 자주 듣고 있다. 일본어라 잘 알아들을 수 없지만, 그 시대의 억양처럼 들리는 멜로디가 좋다.)

피날레의 양식

나는 퇴고를 열심히 하지 않는 편이다. 초고에 깃드는 선험적인 기운이 있다고 믿기 때문일까? 처음 찾아온 원본의 어떤 것을 최대한 훼손하지 않기 위해서, 퇴고를 떠들썩하게 하지 않는다고 말하는 게 더 맞는 표현이겠다. 무언가를 집필할 때마다 반복적으로 해 온 규칙 중 하나는 반드시 소리 내어 그것을 읽어 보는 것, 그리고 그것을 새 문서에 옮겨 오는 필타,

서윤후

필사의 작업을 해 보는 것이다. 그때 알아차리게 되는 것들을 고친다. 심지어는 이미 출간된 책 원고의 일부를 낭독회에서 읽다가 고쳤어야 하는 부분을 깨닫는 경우도 있다. 쓰기 다음에 동반되는 소리 내어 읽기, 손으로 쓰며 읽기는 퇴고할 때 무척 필요한 작업이다. 때로는 출근 버스에서, 때로는 여행지의 숙소 방명록에다 그런 작업을 해 보기도 했다. 내가 시험해 볼 수 있는 가장 마지막 단계이기도 하다. 작품과 나 사이에 시간을 버는 일일 수도 있다. 어쨌든 낭독을 해 보고 손으로 옮겨 적으며 읽는 동안에 벌어지는 시간 동안 작품과 나는 낯설어진다. 낯설어질 때 정교하게 볼 수 있는 지점을 파고드는 것이다. 보석 세공사의 정교함은 보석의 아름다움을 잊어버릴 때 발휘되는 것이기도 하니까.

끝도 시작도 없이

이 글은 내가 쥐고 있던 한 다스의 혼자에 대한 이

야기이자, 글쓰기에 있어 가지게 된 열두 가지 루틴을 소개하고자 하는 마음으로 시작했다. 내가 문학을 좋아하는 이유는 나와 나 사이를 조금 더 밀착시키며 조금 더 가깝게 두는 어색하고 다정한 시간이 되기 때문이다. 그 낯설음을 견디며 이해하게 된 것이 있었고, 그만두게 된 것도 있었으니까 비로소 온전한 혼자가 되는 문학의 숙명을 기꺼이 따르게 되었다.

반복이라는 시간성 속에서 시는, 내가 쥐고 있는 작은 이변들 중 하나다. 그것은 틀림없다. 시가 더 이상 내게 어떤 이변도 일으키지 않고 내게 점철되어 머무른다면, 나는 그 오래된 반복을 그만둘지도 모르겠다. 문학이라는 반복을 용납하고, 그것에 대해 성실하게 응답하고 싶었던 까닭은 문학이 예상할 수 없는 곳에 나를 옮겨 놓거나 파헤치기를 원했기 때문이다.

문학의 이변으로부터 내 시간의 일부가 규칙적으로 바뀌었다는 것은 문학이 가장하는 작은 위험성이 내게 필요했고, 살면서 도움이 되었다는 뜻일지도 모르겠다. 문학이 아니더라도 한 인간이 수많은 시행착오를 겪으면서 살아 내는 방식을 터득한 것엔 반드시 반복이 동반될 수밖에 없다는 자명한 사실까지도.

문학 작품이 어떤 시간의 자명한 증언이라면, 쓰는 자의 루틴을 헤아린다는 것은 친절한 해설일 수도 불가피한 사족일 수도 있겠다. 누군가가 지나온 시간을 읽어 가는 또 누군가의 시간까지 헤아리면 문학은 자신의 시간을 내걸고 만나는 장소가 아닐까 생각한다. 누군가의 일상과 그 일상을 살아 내며 자신의 쓰는 시간을 확보하기 위해 고군분투한다는 것이, 또 읽는 누군가가 시간과 싸우는 일이 헛되지 않은 것임을 일러 주거나, 숨겨 두었던 무기 한 자루를 건네주는 은밀한 일이었으면 한다. 수많은 혼자를 다루는 가장 큰 혼자가 되는 시간 속에서 결코 혼자가 아니었다는 것을 일러주는 문학의 뼈아픈 속임수에 넘어가더라도 말이다. 아마 그것이 내가 사로잡힘에 대해 응답할 수 있는 대답이다. 우리가 문학에 사로잡혀 있는 동안 무언가를 내걸고 해 볼 만한 가치가 있다는 것을 나는 일찌감치 시집 귀퉁이에서, 뒤에서부터 쓴 노트에서, 나를 이루 다 적지 못한 종이의 희멀건 얼굴에서 보았다. 한 다스의 혼자를 내밀면서 알게 되었다. 어딘가는 부러졌고, 어떤 것은 잃어버려서 다시는 찾을 수 없게 되었으며, 어떤 것은 너무 성실했을 뿐인데 닳아 없어지고 있다는 것을.

　이곳에 적었지만 더 이상 지키지 않게 될 혼자와의 약속들도 있을 것이다. 살면서 계속 바뀔 것이다. 시간을 지키지 않으면 시간을 살 수 없으니까. 시를 쓰는 동안 시간에 대해서는 누구보다 절박해질 수밖에 없었다. 나의 얕고 파다한 시 쓰기의 시간을 둘러싸고 어린 파수꾼들이 어둠을 순찰하고 있다.

　나는 이토록 어렵게 지켜 가는 시간 속에서 나를 몽땅 잃어버릴 마음으로 혼자가 된다.

서윤후

안녕하세요 시를 씁니다

그게 좋아요

양안다

양안다

2014년 《현대문학》으로 등단하며 작품 활동을 시작했다. 시집 『작은 미래의 책』 『백야의 소문으로 영원히』 『세계의 끝에서 우리는』 『숲의 소실점을 향해』 『천사를 거부하는 우울한 연인에게』, 동인 시집 『한 줄도 너를 잊지 못했다』를 펴냈다. 창작동인 '뿔'로 활동 중이다.

왜 시를 쓰기 시작했더라―어떻게 시작해야 할지 몰라서 무작정 이렇게 적었다. 아직 이 글의 제목도 정하지 않았다. 나는 대체로 제목을 정하지 않고 글을 쓰는 편이다. 시도 그렇다. 왜 그런지는 모르겠고…… 그냥 관성인 것 같다. 제목을 먼저 정하는 것과 나중에 정하는 것이 시 쓰는 데에 얼마나 영향을 미칠까? 누군가는 이것을 울타리에 비유한 적이 있다. 짓고 싶은 집의 형태에 따라 울타리를 치는 일과 같다고. 정말 그런가?

모르겠다.

나는 산문을 쓸 때 모르겠다, 라는 말을 많이 사용

하는 편이다. '~라고 생각한다'라는 표현도 많이 쓰는 편이다. 왜 그런지는 모르겠다. 그저 확신하는 걸 피하는 게 아닐까 생각한다.

시에 대해 막상 적으려고 하니 자꾸 주저하게 된다. 시에 대한 생각은 수시로 바뀌기 때문이다. 수시로 바뀐다는 표현은 과장이지만 자주 바뀌는 건 사실이다. 시에 대해 생각하면 할수록 그 생각은 변화하게 되고, 그 변화는 매우 미세하기 때문에 타인이 보기엔 큰 차이가 없고, 큰 차이가 없기 때문에 나는 시 생각을 하지 않는 사람처럼 보일지도 모른다. 시간이 지나면 미세한 변화가 쌓이고 쌓여 큰 차이가 되겠지만.

"그게 그렇게 중요한 거야?"

누가 물으면 할 말이 없어지는 것도 사실이다. 그러나 나에게 있어서 시는 중요한 게 사실이고, 중요한 이유를 말하자면 시를 쓰는 게 무척 재미있기 때문이다. 재미있어서 중요하다…… 라는 말로 인해 내가 시를 진지하게 여기지 않는 사람처럼 보일까 봐 두렵다. 이게 왜 두렵지? 잘 모르겠다. 내가 시에 대해 진지하게 임하는 건 사실이지만, 그렇다고 시에 미친 광인처

양안다

럼 보이고 싶지 않다. 내가 어떻게 보이고 싶은지도 잘 모르겠다. 사실 나는 내가 타인에게 어떻게 보이는지에 대해 크게 신경을 쓰지 않는 편이다.

물론 재미있다는 이유 하나만으로 시를 쓰는 건 아니다. 그러나 내가 시를 쓰는 이유 중 재미가 큰 비중을 차지하고 있는 건 사실이다. 예전에 어떤 시인이 시를 왜 쓰냐고 물어서 재미있어서 쓴다고 대답한 적이 있다. 그 시인은 시를 재미로 쓰면 안 된다고 그랬는데, 아니 그럼 재미가 없는데 써야 한다고? 나는 그게 더 이해 가지 않았다. 재미없는 일들은 살아가기 위해 하는 걸로 족하다. 시는 재미로 쓰면 안 되고, 시로 무언가를 말해야 하고, 시로 세상을 바꿔야 하는 걸까? 세상을 바꾸려고 시 쓰기 시작한 사람이 있을까? 없진 않겠지만…… 적어도 나는 그런 유형의 사람이 아니다.

왜 시를 쓰기 시작했더라—다시 첫 문장으로 돌아와서. 나는 재미 때문에 시를 쓰기 시작했다. 처음에는 소설을 쓰려고 시작했고, 소설을 쓰기 시작하게 된 이유도 재미였다. 우연히 한 문학상 수상집에서 읽은 소설들은 교과서에 실린 소설과 다르게 너무 재미있었고, 소설이 이렇게 재미있는 거라면 나도 써 보고 싶다, 그렇게 소설을 썼고, 시를 쓰게 된 이유도 크게 다르지 않다. 어느 날 우연히 읽게 된 시로 인해 시가 재미있다는 걸 알게 되었다. 사실 시를 쓰기 시작한 건 다른 이유도 있었다. 대학에서 선배들이 자꾸 문학의 기초는 시니까 시를 공부한 다음에 소설을 쓰라고 했다. 공감할 수 없었고 꼰대처럼 들렸다. 나는 청개구리 심보가 있는데, 그래 나는 너네보다 시를 더 잘 쓰게 된 다음에 소설을 쓸 거야, 그렇게 시를 공부하다가 너무 잘 쓰게 되었다. 시가 이렇게 재미있는 거라면 나도 써 보고 싶었다.

시를 쓰고 난 뒤 읽어 보는 건 분명 재미있는 일이다. 직접 쓴 시를 읽어 보면서 뿌듯함을 느끼는 것도 하나의 재미다. 그런데 나는 시 쓰는 순간이 더 재미있다. 시를 쓰는 동안에는 시간이 직관적으로 인지되지 않는 느낌이다. 3시간은 쓴 것 같은데 40분이 지났거나 5시간이 지났거나 하는 식이다. 그렇지만 재미있다는 느낌은 항상 간직하게 된다. 시에 대해 생각하는 건 시 쓰는 것만큼 재미있다. '시를 어떻게 쓰지'라는 생각이 아니라 그냥 '시'에 대한 생각이다. 이건 장르와 역할에 대한 생각이기도 하고 기술이나 방법론에 대한 생각이기도 한데, 어느 쪽이든 시 생각은 하면 할수록 꼬리에 꼬리를 물어서 끝이 없게 된다. 처음에 정답이라고 여겼던 부분이 나중에 돌아보면 오답이 되어 있다. 어떤 때에는 처음에 오답이라고 여겼던 부분이 정답이 되어 있다. 결국 하나 마나 한 생각이다. 시 생각을 하면서 나는 정답을 찾으려 하지 않는다. 하나 마나 한 생각이라는 걸 인지하며 그냥 그 생각을 즐기는 데에 집중한다. 시 생각은 그 자체로 즐겁다.

나는 시인들끼리 모이면 시 얘기를 많이 나누는 줄 알았다. 서로의 시에 대해 말한다거나 각자가 생각하는 시에 대해 이야기를 나눌 거라는 막연한 상상을 했다. 왜 그런 상상을 했는지 모르겠다. 내가 만난 시인들은 시 얘기를 하지 않는다. 정치 얘기나 연예인 얘기, 근황에 대해 얘기를 했다. 그래서 나는 누군가와 시 얘기를 하고 싶었다. 당시에는 왜 시인들은 시 애기를 하지 않는지 알 수 없었다. 생각해 보면…… 다들 친한 사이끼리 시 얘기를 하겠지? 지금의 나도 그러고 있으니까. 각자 생각하는 시가 다르기도 하니까…… 무엇보다 시인들은 생각보다 예민한 편인 것 같다. 어쩌면 시인이기 이전에 사람이라 그런 걸까? 원래 사람들은 대체로 예민한 편인 걸까?

예전에 작가들이 모인 어느 술자리에서 '인기 있는 작가'에 대한 이야기가 나왔다. 나를 포함한 대부분이 첫 책이 없을 때였고, 듣다 보니 다들 인기를 원하는 모양이었다. 그들은 나에게 그들의 의견에 동참하길 바랐다. 인기가 있으면 좋겠지만 그걸 신경 써 본 적이 없어요, 나는 대답했다. 나의 대답에서 뭐가 잘못됐는지 그들은 솔직히 말하라고, 인기를 얻어야 하지 않겠느냐고 말했다. 재촉하는 식이었다. 저는 인기를 얻을 거면 〈쇼미더머니〉에 나갔을 거예요, 내가 그렇게 말하자 '인기 있는 작가' 대화가 끝났다. 그들의 입장에서 나도 예민한 사람이었을까?

그 뒤로 무슨 이야기를 했더라. 기억나지 않지만, 적어도 시 얘기를 하지 않은 건 확실하다.

양안다

무슨 시에 미친 것처럼 시 쓰는 사람마다 붙잡고 시 얘기를 하고 싶은 건 아니다. 그러나 그들이 무슨 작업을 하는지 궁금한 건 사실이다. 그것에 대해 듣는 건 무척 흥미롭다. 종종 나는 시인들에게 시 얘기 대신 시집 계획과 같은 것을 묻는다. "혹시 다음 시집 출간이 계획되셨나요? 저번에 어디어디서 발표한 시도 다음 시집에 실리나요? 시는 보통 몇 시에 쓰는 편이세요? 시를 안 쓸 때는 무엇을 하며 보내세요? 시 쓸 때 음악을 듣는 편이세요?" 시 얘기보다는 가볍게 느껴지는 질문들. 그 이상 물어보고 싶은 게 생겨도 참는다. 실례가 안 된다면…… 이라는 말을 덧붙이는 것도 잊지 않는다. 그들은 예민한 사람일 수도 있으니까.

시인들이 '안녕하세요. 시 쓰는 ○○○입니다'라고 자신을 소개하는 경우를 많이 보았다. '시인 ○○○'이나 '○○○ 시인'이 아니라 '시 쓰는 ○○○'으로 말이다. 나도 그랬다. '시인 양안다'라고 나를 표현할 때 '시인'에서 느껴지는 어감과 스스로를 '시인'이라 소개할 때 느껴지는 이질감 때문에 그랬다. 청개구리 심보 때문에, 나는 요즘 '안녕하세요. 시인 양안다입니다'라고 스스로를 소개한다. 아직 입에 잘 붙지 않는다. 겨우 인사를 바꿨다고 시인이라는 태도가 뚝딱 나오는 건 아닐 것이다. 아마도 나는 '시인'이라는 자의식이 낮은 편인지도 모르겠다. 시 쓰는 게 대단한 것도 아니고…… 라는 생각으로 나는 내가 사랑하는 영역을 낮추고 있었는지도 모른다. 시를 낮추거나 폄하할 생각은 없지만, 시보다 노동이 더 대단하다고 생각한다. 나는 노동을 하는 것보다 시를 쓰는 게 훨씬 쉽고 즐거우니까. 그래서인지 노동을 하는 사람들은 나에게 언제나 대단한 사람들로 보인다.

나는 시를 일상의 카테고리 중 하나로 생각한다. 나의 친구가 퇴근한 뒤 귀가했을 때 자유시간에 하는 일련의 목록 중 하나와 다를 바 없다고 생각한다. 나의 친구는 집으로 돌아와 영화를 볼 수도 있고, 맛있는 식사를 할 수도 있고, 주변을 산책하거나 누군가를 만나거나, 유튜브를 볼 수도 있고, 게임이나 운동을 하거나 잠을 잘 수 있을 것이다. 그것도 아니라면 물구나무를 설 수도 있고, 캐스터네츠를 연습한다거나, 저글링을 할 수도 있을 것이다. 나 역시 이 모든 걸 할 수 있고, 나에게는 이 선택지 중 시라는 재미있는 선택지도 있다. 시는 세상을 바꿔야 한다거나 가르침을 줘야 한다거나…… 그런 생각은 해 보지 않았다. 나는 영화를 보거나 게임을 하는 사람에게 세상을 바꾸라거나 가르침을 줘야 한다고 말하지 않기 때문이다. 내가 시를 쓰면 쓸수록 바뀌는 건 세상이 아니라 나 자신이었다. 언젠가 나는 '어떤 대상을 사랑하고 몰두하게 되면 더 나은 사람이 되고 싶어지는 것 같다'라는 뉘앙스의 말을 한 적이 있다. 여기서 '어떤 대상'은 가족이 될 수도, 친구가 될 수도, 애인이 될 수도 있을 것이고, 반려동물이나 자신의 직업이 될 수도, 아니면 연예인이 될 수도, 그 무엇도 될 수 있을 것이고, 이 선택지 중에는 시라는 재미있는 선택지도 있다.

　……여기까지 쓰고 난 뒤, 나는 지금까지 썼던 글을 죽 읽어 보았다. 무작정 쓰기 시작했는데, 그런데 이 산문 주제가 '작가의 루틴'이었다. 사실 이게 나의 루틴이기도 하다. 나는 관성적으로 시 생각을 한다. 그러면 조금은 시를 오래 쓸 수 있는 에너지가 생긴다. 내가 시를 왜 좋아하는지 알게 되니까.

조금 더 물리적인 루틴은 무엇이 있을까. 따라 하고 싶은 루틴을 가진 시인도 있을 것이다. 반대로 아무런 루틴이 없는 시인도 있을 것이다. 나는 그 루틴 중 일부를 수용해 따라 할 수 있을 것이다. '아무런 루틴이 없는 루틴'도 따라 할 수 있을 것이다. 그러나 그 루틴 전체를 따라 하기는 몹시 힘든 일이다. 우리는 그 사람이 아니니까. 나에게는 따라 하고 싶을 정도의 매력적이거나 특이한 루틴이 없다. 말하나 마나 하는 수준의 루틴이라 이걸 적는 게 의미가 있을까 싶지만, 그래도 시를 쓰기 전부터 쓰고 난 후까지의 루틴을 간략하게 정리해 보았다.

시를 쓰기 전에 준비하는 것들이 있다. 컵에 물을 잔뜩 채워 넣기, 박하사탕을 넉넉히 책상에 두기, 커피나 술 따위의 음료를 준비하기. 평소에 나는 물을 자주 마시는 편이고, 갈증이 나면 에너지가 떨어지는 것을 느낀다. 어릴 때부터 나는 집중하다 보면 무의식적으로 손가락 살을 입으로 뜯는 버릇이 있는데, 그 정도가 심해서 손가락 살이 뒤집어지고 피를 질질 흘린다. 박하사탕을 먹으면 손가락을 뜯지 않게 된다.

양안다

주로 엄지손가락을 뜯는 편인데, 반지를 끼면 반지를 대신 씹기도 한다. 그래서 시 쓸 때마다 사용하는 엄지 반지가 있었는데, 지금 어디 있는지 찾을 수가 없다. 새로 사야 할 것 같다. 피가 조금씩 흐른다.

커피와 술은······. 사실 시를 쓰는 동안 커피를 마시는 경우는 거의 없다. 보통 시를 쓰기 전, 혹은 휴식을 취하는 동안 마시는 편이다. 술 같은 경우는, 원래 술 마시고 시를 쓰는 경우가 없었는데, 평소에 '혼자 술을 마신다→시를 못 쓴다'가 되는 경우가 많아지자, 조금씩 술을 마시면서 시를 쓰기 시작했다. 나는 즐거운 일 두 가지를 동시에 하는 셈이다. 물론 취할 때까지 마시진 않는다. 술을 마시는 것보다 시를 쓰는 게 더 즐거우니까.

예전에는 미러볼이나 LED 조명을 켜 두고 시를 쓰곤 했는데, 요즘은 때에 따라 다르다. 그냥······ 켜고 싶으면 켜는 느낌이다. 최근에는 미러볼, LED 조명을 쓰지 않고 사이키 조명으로 바꿨다. 방 안이 빠른 속도로 번쩍거린다. 가끔 사이키 조명의 전원을 켜면서 '누군가 길을 걷다가 내 방의 창문을 보면 무슨 생각을 할까'라는 상상을 한다.

시를 쓰는 동안 항상 음악을 듣는 편이다. 여러 곡을 듣는 건 아니고, 그날따라 유독 듣고 싶은 한 곡을 반복 재생하면서 시를 쓴다. 트로트를 제외한 장르의 음악을 듣는 편이다. 요즘에는 EDM과 클래식을 자주 듣는다. 노래 한 곡이 계속 반복 재생되고, 방 안에 사이키 조명이 번쩍이고, 입술이 젖을 정도만 술을 조금씩 마시면서, 나는 시를 계속 쓴다. 가끔 시를 쓰다 헤드뱅잉을 하기도 하고 휘파람을 불기도 한다. 어느 순간이 되면 내가 휘파람을 불고 있다는 걸 잊게 된다. '어? 지금 휘파람을 불고 있었구나?'라고 뒤늦게 깨닫게 되는 것이다. 그다음으로는 노래를 듣고 있었다는 걸 잊게 된다. 어느 순간에는 시를 쓰고 있다는 걸 잊게 된다. 시를 쓰고 있던 내 책상은 어땠는지, 듣고 있던 음악은 무슨 음악이었는지, 무슨 생각을 하며 어떤 문장을 썼는지.

시를 쓰다 보면 잊는 것들이 많다. 분명 시를 쓰는 동안 잡다한 생각과 고민을 지나며 문장을 썼는데, 다 쓰고 나면 내가 무슨 생각을 했고 무슨 고민을 하며 어떤 문장을 쓰고 끝내 시를 완성하게 됐는지 기억나지 않는다. 이것은 어떤 영감이라거나 무의식의 차원에서 이루어진 것이 아니다. 시를 쓰는 동안에는 분명 어떠한 생각을 거쳐 문장을 썼기 때문이다. 단지 내가 기억하지 못하는 건데, 아마 너무 많은 생각을 해서 그런 걸까. 그럴지도 모르겠다.

시간은 보통 밤에서 새벽 동안 쓴다. 아침까지 쓰는 경우도 종종 있다. 개인적으로 제일 좋아하는 시간대는 아침인데, 그러려면 아침에 일어나 잠에서 덜 깬 채로 시를 써야 한다. 그럴 수는 없으니까…… 어쩔 수 없이 일과를 다 마치고 밤에 쓰기 시작한다. 대신 휴일에는 아침부터 쓰는 경우가 많다. 특히 이른 아침이 좋다. 해가 막 뜨기 직전인 그 시간부터. 그때 쓰는 게 가장 기분 좋은 느낌을 받는다.

나한테는 '낭비 시간'이 매우 중요하다. '낭비 시간'은 나 혼자 임의로 붙인 이름인데, 아무것도 하지 않고 누워 있는 시간을 말한다. 그걸로 심심하다면 음악을 들으며 누워 있지만, 그 이상은 하지 않는다. 시를 쓰기 전에 워밍업을 위한 독서나 영화 감상 등은

하지 않는다. 뇌가 피곤한 기분이 들면 금방 방전이 되는 느낌이다. 내가 에너지가 부족한 사람이라서 그럴지도 모르겠다. 누워서 가만히 천장을 바라본다. 사이키 조명을 켜서 그 빛을 바라보기도 한다. 시 생각도 하지 않고 아무 생각도 하지 않는다. 의식적으로 생각하지 않는 것이 아니라 그냥 가만히 누워 있으면 별생각이 들지 않는다. 그렇게 누워 있다 보면 어느 순간 시를 써야겠다는 결심이 선다.

나는 내가 생활하는 공간이 아니면 시 쓰는 데에 어려움을 겪는 것 같다. 오히려 편한 공간에 있으면 집중하기 어렵기 때문에 카페에서 쓰는 사람들도 있는데, 나는 집이나 편한 공간이 아니라면 집중하기 어려울 것 같다. '어려울 것 같다'라고 추측하는 이유는 사실 밖에서 써 본 적이 없어서 그렇다. 그럴 마음이 생기지 않는다. 나는 방에서도 많이 움직이지 않으며 대부분의 시간을 책상에서 보낸다. 밥도 책상에서 먹고, 책도 책상에서 읽고, 시도 책상에서 쓰며, 게임도 책상에서 한다. 잠을 자거나 '낭비 시간'을 가질 때가 아니라면 항상 책상에 앉아 있다.

양안다

현재 나는 세 개의 키보드를 사용하는데, 그때마다 사용하는 키보드가 다르다. 매일매일 키보드를 바꿔 가며 사용하는 건 아니고, 평균적으로 계절마다 한 번씩 바꾸는 것 같다. 키보드가 손에 익숙해지게 되면 새 키보드를 사기도 한다. 기계식 키보드를 선호하며, 그중에서도 청축 키보드를 가장 선호하는 편이다. 청축 키보드는 기계식 키보드 중에서도 키압이 낮은 편인데, 그 키감이 좋아서 제일 선호한다. 자판을 누를 때마다 찰칵거리는 소리가 크게 들리는 것도 마음에 든다. 시를 포함한 모든 글은 한글2022에 작성하고 있는데, 일정 주기마다 판형을 새로 만들어 가며 글을 쓴다. 예전에는 좌우로 넓고 위아래로 짧은 판형에 시를 썼는데, 요즘은 그것보다 좁고 긴 판형에 시를 쓰고 있다. 보통 키보드를 바꿀 때마다 판형도 새로 만들어서 사용한다. 만약 PC가 없는 시대에 내가 태어나 글을 썼다면 펜과 노트를 여러 개 쓰게 되었을까?

시를 다 쓰고 나면 바로 눕는다. 누워서 '충분한' 낭비 시간을 가진다. 때가 되면 퇴고를 한다. 프린트해서 종이로도 확인한다. 소리 내어서 읽어 보기도 한다. 소리 내어 읽는 건 눈으로 보는 것과 다르게 새로운 느낌인데, 소리 내어 읽는 게 너무 귀찮아서 요즘은 잘 하지 않는다. 가끔은 친구와 통화하다가 쓴 시를 읽어 주기도 한다. 시 쓰는 친구에게는 읽어 주지 않고, 문학에 관심 없는 친구들에게만 읽어 준다. 그들은 평소에 책을 읽지 않는 친구들이기 때문에 피드백을 바라고 읽는 건 아니다. 누군가에게 읽어 주는 게 나 혼자 읽는 것과는 다른 결을 가지고 있어서 그렇다. 시 쓰는 친구에게 시를 읽어 주면 피드백을 받게 되는데, 나는 피드백을 잘 수용하는 편이 아니다. 사실 거의 수용하지 않는다고 표현해야 정확할 것이다.

이 과정을 반복해 시를 계속 쓴다. 청탁을 받게 되면 지면에 발표도 한다. 나는 대체로 평균 2~3일 정도씩 마감에 늦는 편인데, 원고가 없어서 늦는 게 아니라 무슨 시를 보낼지 고민하다가 늦게 된다. 바쁘실 텐데 항상 죄송한 마음이다.

한 편씩 모인 시가 나중에 시집으로 묶이면 좋겠지만 나는 이 점에 있어서 항상 확신할 수 없다. 나는 언제라도 시집을 못 내는 상황이 올 수 있다고 생각한다. 세상에는 계속 새로운 시인들이 생기고, 읽는 사람들은 더 이상 나의 시를 원하지 않을 수 있다. 혹은, 출판사에서 나의 시집을 원하지 않을 수도 있다. 당장이라도 시를 발표하며 활동할 수 없을 것 같은 기분이 든다. 그래서 시집을 출간하게 될 때마다 항상 감사한 마음을 가지게 된다.

추측하자면, 문학장에서 내 작품을 선호하는 작가는 많지 않을 것이다. '추측하자면'이라고 말할 수도 없는 게…… 어쩌다가 전해 듣는 경우도 많기 때문이다. 간접적으로 전해 듣지 않더라도 '아, 이 사람이 나의 작품을 선호하지 않는구나'라고 알게 될 때도 있다. '이 사람이 나의 작품을 좋아하는구나'는 파악할 수 없는데, 그 반대의 경우는 눈에 잘 보인다. 마치 나를 좋아하는 사람을 알아보는 건 너무 어려운데, 나를 좋아하지 않는 사람을 알아보는 건 쉬운 것과 같다. 성격이 둔해서 그런지 나는 이것에 대해 스트레스를 받거나 하지 않는다. 나도 취향에 맞지 않는 작품을 좋아하지 않으니까. 그리고 나는 취향에 맞지 않는 관계를 만들고 싶지 않다. 그래서 글 쓰는 친구가 원체 없다. 다섯 손가락이나 채울 수 있을까?

글 쓰는 사람에게 있어서 외부를 향해 감각을 열어 놓는 일은 어색하지 않을 것이다. 언어가 '아' 다르고 '어' 다르다는 걸 알게 되면 그렇다. 나의 슬픔과 너의 슬픔이 같은 층위가 아니라는 걸 알게 되면 더욱 그렇다. 나는 나의 감정을 표현하는 방식을 찾기 위해 항상 외부로 감각을 열어 둔다. 상대가 어떤 마음 상태인지, 내가 어떤 말을 해야 그에게 상처가 되지 않을지, 감각을 열어 두고 언어를 고르고 고르는 것처럼. 물론 이 과정을 의식적으로 행하진 않는다. 그건 꾸며 낸 거짓말 같다. 나는 인위적이거나 작위적인 것을 좋아하지 않는다. 거짓말도 좋아하지 않는다.

처음에 나는 좋은 게 무엇인지 오래 생각했다. 좋은 시가 무엇인지도 모르면서 좋은 시를 쓰고 싶었다. 등단했을 때 학과 교수님 중 한 분이 '좋은 시인이 되거라'라는 내용의 편지를 주셨다. 나는 그에 대한 답장으로 '좋은 시인이기 이전에 좋은 사람이 되겠습니다'라고 답했다. 그렇지만 나는 '좋은 것'이라는 게 무엇인지 도저히 모르겠다. 하지만 '나쁜 것'은 분명히

양안다

존재한다고 생각한다. 나는 '나쁜 것'의 반대로만 간다면 언젠가 '좋은 것'이 무엇인지 희미하게 알 수 있지 않을까 싶었다. 한동안 이것을 포즈(pose)로 삼고 오래 생각하던 나날이 있었다.

요즘에는 솔직한 것에 대해 오래 생각하고 있다. 솔직한 것은 좋은 것과 비교했을 때 비교적 선명한 느낌이다. 어떤 솔직함은 무해하지만 어떤 솔직함은 누군가를 찌를 수 있기 때문이다. 사람들은 보통 거짓말쟁이를 싫어하는데, 우리가 솔직함을 긍정하고 사랑해서 그렇다. 그러면 '솔직한 시'는 무슨 시인 거지? 작가가 그냥 "솔직하게 썼어요." 하면 '솔직한 시'가 되는 걸까? 나는 그 생각에 동의하지 않는다.

요즘 이것에 대해 고민한다. 그리고 이 산문은 솔직하게 쓰려 노력했다. 누구도 찌르고 싶지 않은 마음으로 썼다. 이 산문은 '아'인데 '어'로 다르게 읽히지 않았으면 했다. 그게 불가능할 거라는 걸 알면서도. 어쩌면 글을 쓰는 건 나와 타인의 간극을 넓히거나 좁히는 행위일지도 모른다. 이 간극에 대해 고민하며, 장난치듯 넓혔다가 좁혔다가 하는 일은 시의 재미 중

하나라고 생각한다.

종종 시가 장난감처럼 느껴진다. 시가 게임 같다거나 장난감 같다거나 재미로 쓴다는 말은 이제 너무 흔해서 내가 또 반복해도 되는지 모르겠다. 혼자서 이렇게도 놀고 저렇게도 노는 그런 장난감 같다. 레고로 따지면 자기 마음대로 여러 방법으로 조립하는 느낌이다. 조립하고 해체하고, 조립하고 해체하고, 조립하고……. 이 과정이 시를 재미있게 만든다. 시인의 이 게임은 오로지 혼자 하는 싱글 게임이다. 온라인 게임처럼 타인과 경쟁하지도, 교류하지도 않는다. 이 싱글 게임은 오픈 월드이고, 그러므로 게임 내에서 정해진 룰은 없으며, 오로지 '플레이어가 스스로 만든 룰'만 있다. 시인은 자신만의 룰을 만들어서 게임을 한다. 한 국가를 구하는 용사가 되었다가, 레지스탕스의 일원이 되기도 하고, 좀도둑으로 시작했다가 나라 최고의 도둑이 되기도 하고, 비밀 연합에 찾아가 국가의 눈을 피해 마법을 배울 수도 있을 것이다. 시인은 자신이 정한 '플레이어의 룰'을 통해 최고점을 찍기 위해 노력할 것이다. 몇 번은 실패하겠지만 괜찮다. 세이브 파일을 로드해서 다시 플레이하면 된다. 그것은 언제 해도 재미있으니까. '플레이어 룰'을 지키면서 동시에 최고점으로 게임을 클리어했다면 이제 기록 창에 이름을 적는다. 마치 오락실에서 적던 'AAA' 이런 식으로 말이다. 하나의 플레이어 룰을 클리어하느라 그 게임을 몇 백 번씩은 했을 것이다. 이제 그게 지겨워진다. 시인은 새로운 플레이어 룰을 만든다. 그리고 새 게임을 시작한다.

읽는 사람의 입장에서 생각해 보면, 시인이 스스로 설정한 '플레이어의 룰'이 무엇인지 알아챌 수 없을 것이다. '플레이어 룰'이 아닌 다른 요소 때문에 그 시에 매료될지도 모른다. 나는 관객들이 영화를 다 보고 나면, 그 영화의 제작 의도나 복선, 메타포나 해석의 새로운 가능성 등을 찾아보기를 좋아한다는 걸 알고 있다. 어떤 감독은 이에 대해 말하길 좋아하지 않지만, 몇몇 감독은 코멘터리 DVD 등을 만들어 이러한 욕구를 충족시켜 주기도 한다.

문예지에서 내가 즐겨 읽는 것 중 하나는 대담이다. 솔직하면서도 시에 대한 얘기를 하는 대담이라면 언제나 흥미로웠다. 시집의 의도나 시에 대한 일련의 생각, 그리고 시인의 루틴 같은 것. 나는 시인이 자신의 시에 대한 생각을 일종의 영업비밀처럼 여기는 것을 좋아하지 않는다. 솔직함이 시의 신비나 마술적인 부분을 걷어 낼 수도 있지만, 나는 누군가가 원한다면 항상 솔직하게 걷어 내는 쪽을 택했다. 비록 그게 형편없고 멋이 없을지라도 그랬다. 나 역시 그런 게 항상 궁금했으니까. 언젠가 기회가 된다면 코멘터리 텍스트 같은 것을 써 보아도 좋을 것 같다.

　나는 종종 꿈에 대해 생각하고, 춤에 대해 생각하고, 그러다가 시에 꿈과 춤이라는 단어를 넣고, 그러다가 꿈과 춤이라는 단어를 많이 사용하게 되고, 전에는 미래와 영화라는 단어를 많이 넣었는데, 이제 미래와 영화라는 단어를 최대한 피하기로 했고, 그래서인지 최근 정리한 원고에는 영화라는 단어가 하나도 들어가지 않았고, 미래와 영화라는 단어를 피하기로 한 이유는 그것에 대해 너무 많은 말을 했기 때문이기도 하지만, 최근 시집이나 문예지에서 미래와 영화라는 단어가 많이 보이기도 했고, 그저 내가 많이 사

양안다

용한 단어라서 눈에 띈 것일지도 모르지만, 그래도 미래와 영화에 흥미가 떨어진 건 사실이며, 이와 비슷한 맥락으로 나는 우울과 불안에 대해 그만 쓰려 했으나, 내 안에서는 이 정서가 아직 정리되지 않았는지 쓰는 시마다 우울과 불안을 감지했고, 인위적이거나 작위적이고 싶지 않으니까 그냥 썼고, 우울하고 불안한 건 내가 아니라 나의 시에 등장하는 인물들이며, 누군가는 내 시를 읽고 작자와 화자에 대한 거리를 물어볼 수도 있겠고, 실제로 그런 질문도 받았으나, 그럴 때마다 나는 항상 솔직하게 걷어 내는 편을 택했으며, 그 편이 나에게 좋을 것도 없다는 걸 알았지만, 그게 내가 할 수 있는 일이고 하고 싶은 일이라면 그렇게 하기로 했다.

시에서는 하고 싶은 것만 하고 싶다⋯⋯ 라는 생각이 가끔은 큰 욕심처럼 느껴진다. 사람들은 나의 시에 관심이 없다고 느끼기도 하고, 계속 쓸 수 있는 환경이나 기회가 내게 언제까지 주어질까 하는 생각에 빠진다. 아마 많은 이들이 그럴지도 모른다. 분명 나는 어떤 이보다 많은 기회를 받았고 운이 좋았지만, 누군가보다는 그렇지 않을 것이고, 이걸 누군가를 탓하고 싶지 않고 그럴 수도 없다. 앞으로 운이 더 좋아지기를, 하고 생각한다. 그리고 여태 내가 받은 기회들에 감사하며 산다.

……지금까지 쓴 이 산문에는 모순이 있을지도 모른다. 원래 모든 것에는 모순이 존재하니까. 아마도 이 산문을 통해 내가 굉장히 질척거리는 사람으로 보일 수도 있겠다는 생각이 들었다. 어쩌면 자의식이 과잉된 것처럼 보일 수도 있겠지만, 그런 감상이 적었기를 바라며 썼다. 나는 자의식이 과잉된 사람이라기보다 내가 사랑하는 것에 대한 이유를 말하는 사람이고, 그럴 수 있음에 감사하며 솔직하게 쓰고 싶었다. 무엇보다 나는 시에 대해 쿨한 것처럼 보이고 싶지 않았다. 그렇게 보이면 나는 거짓말쟁이가 되어 버리니까 그랬다.

양안다

차고 따뜻한 심플

이규리

이규리

1994년 《현대시학》으로 등단하며 작품 활동을 시작했다. 시집 『당신은 첫눈입니까』 『최선은 그런 것이에요』 『뒷모습』 『앤디 워홀의 생각』 등을 펴냈다.

나의 루틴은 외로움

"너의 루틴은 뭐야?" 누군가 물었을 때, 지나가는 말처럼 "외로움"이라 말했는데 생각해 보니 그건 사실이고 진실이다. 상당 부분 그런 정서 안에 있다. 습관이 되면서 외로움은 당연해졌고 그걸 고요함이라고 고쳐 읽게 되었다. 같은 맥락으로 주변이 소란하고 복잡한 걸 견디기 어려워한다. 그러다 보니 자연히 혼자 지낼 때가 많다. 시간을 구성하는 내용도 내가 선택하고 내가 견디는 방식인데 중간중간 휴지기를 두어 자신과 주변을 살피는 정도이다. 일상의 모습은 보통 다채롭고 변화무쌍하며 스피디한 상황에 대처하며 더불어 나아가는 것이 현대인의 관습이지만 웬만하면 나는 이러한 일상을 단순화시킨다. 다양한 취미 교실들. 수영, 테니스, 필라테스, 골프, 요가, 댄스, 쿠킹, 바리스타, 소믈리에, 플로리스트 등등. 배워 보라거나 누려 보라는 시장들이 곳곳 유혹하지만 나는 끌리지 않는다. 참 어이없게도 전망 좋고 쾌적한 곳에 가만히 나를 두는 것을 최상이라 여긴다.

그 가운데 즐기는 일이라면 가로수가 아름다운 바람 부는 거리를 걷는 일과 풍광이 좋은 곳을 산책하는 것이다. 더욱이 책에서 본 낯선 장소, 낯선 나라들에 대한 여행을 꿈꾸는 일과 눈에 띄는 전시를 찾아 서울까지 가는 일에는 적극적이다. 그사이 잠시 바람처럼 오는 음악을 매우 사랑한다. 그리고 드물게 보고 싶은 사람에게서 연락이 오면 잘 봐 두었던 카페나 맛집으로 안내하는 일을 좋아한다. 때때로 나는 나를 바꿀 그런 무언가를 찾는 게 분명하나 주로 내면성에 기울어 있다. 정적이면서 슬픔에 자주 기웃거리는 이 성향

이규리

이 나의 개성이라 확정한다. 일견 단조롭다고도 하는 바로 그 점에 나를 둔다. 그런 고즈넉한 상황에 둘러싸여 있을 때 느낌이 촉발되어 온다. 다른 방해 요소가 없다면 몇 시간이라도 한 자세를 유지할 수 있다. 나는 직관이나 사유의 힘을 믿는다. 그 가운데 독서를 하고 글을 쓰고 고민을 한다. 그 시간 속에서 의미를 다졌고 허무를 경험했으며 쓴다는 방식의 희열을 터득해 왔다.

이 글의 의도가 작가의 루틴이라는 주제에 맞추어져 있어 외로움이나 슬픔 따위로 원고를 채우는 일이 무슨 의미가 될지 염려되지만, 온갖 이유나 습관과 각오가 다 루틴의 범주에 드니 이런 부박하고 건조한 일상에도 만에 하나 공감하는 이가 있으리라 위로해 본다. 계획이 다양하지 않으니 마음먹거나 예정한 일은 웬만하면 실천하는 편이다. 소화력이 떨어지는 사람이 소식하는 일과 같다 할까. 마찬가지로 넘치게 욕망하지 않고 마음 닿지 않는 일을 선택하지 않는 점은 절제라 여긴다. 집안일이 과하거나 외출을 오래 해도 몸살이 나는 편이니 어느덧 스스로 함량을 조절해 적정 경계를 찾은 것이 아닐까 싶다. 어떤 시간 어떤 장소에서도 나는 나일 수밖에 없다는 개별성으로 내가 나를 존중하려 한다. 그리고 이 글을 쓰면서 나도 모르는 나, 나 아닌 나를 발견하기를 기대해 보는 마음도 있다.

맨발과 미니멀리즘

맨발은 가장 오래된 나의 루틴이다. 발에 뭔가가 걸려 있는 걸 참지 못한다. 외출에서 돌아오면 가장 먼저 양말을 벗는다. 물론 시계나 자잘한 장신구조차 다 벗는다. 집에 있을 때는 당연히 맨발이다. 여름에도 발이 시린 질병의 소유자로서, 해마다 부자(附子)가 든 한약을 달여 먹으면서도 양말을 신지 못한다. 맨발로 바닥의 질감을 고스란히 느껴야 비로소 의식이 안정된다. 인류가 기원전부터 착용해 온 양말, 나에게 원시적이거나 원초적인 행태가 남은 것이 아니라면 신체의 보온과 보호를 위해 고안된 양말을 벗어 버려야 하는 심리에는 거추장스러움을 참지 못하는 강박이 있는 듯하다. 사실 맨발은 가엾다. 무게를 지탱하며 바닥을 견디는 발은 권리보다 의무를, 위엄보다 희생을 감수하며 진보해 왔을 것이다. 혹 나의 맨발이 미세한 것까지 감각하려는 시적 소임이 아닐까 생각한 적이 있다. 그렇다면 나는 발에 경의를 가져야 하리라.

맨발 습성은 정리 벽(癖)으로 연결된다 흐트러져 있으면 집중할 수가 없다. 있어야 할 것을 제자리에 있게 하는 것. 주관적일 수 있지만 있어야 할 것이 어울리는 자리에 최소한으로 있는 것이 관건이다. 덕분에 어떤 물건을 찾기 위해 온 집을 헤매는 일 따위가 나에게선 별반 일어나지 않는다. 정리가 되어 있어야 안정할 수가 있다. 은행에 갈 때마다 통장을, 외출할 때마다 자동차 키를, 백화점 영수증을, 심지어 휴대폰을 잃어버리거나 핸드백조차 택시에 두고 내렸다는 친구를 볼 때는 크게 웃곤 한다. 이거야말로 너무나 인간적이며 그 방심이 매우 재미있다고 여기면서 정작 나는 그리하지 못한다. 모델하우스처럼 정리된 곳에서 맨발로 앉아 책을 읽고 문서 작업을 한다. 간간이 창밖을 살피고 발코니에 나와서 심호흡을 한다. 그때 구름의 일과 하늘의 빛깔과 못물의 결과 주변의 나무들을 일별한다. 일하고 쉬는 것도 구별하는 편이다. 나에게는 쉬는 시간이 중요한데 직전까지의 일에서 완전히 놓여나며 휴지기를 가진다. 휴지기를 통과한 후 다시 작업으로 돌아갔을 때 문제가 된 구절과 막혔던 문장들이 꽤 잘 보인다. 나는 이 휴지기를 더욱 알뜰히 사용하며 대우하는 편이다. 밝힌다면 그 휴지기에 나는 손발톱을 정리하거나 서랍을 챙기거나 음악을 크게 틀거나 지나간 드라마를 보거나 카페에서 물끄러미 창밖을 본다.

맨발에서 더 나아가 나는 여러 가지를 단순화하는 습관이 있다. 미니멀리즘을 선호하는 이유도 그 맥락에 닿아 있다. 공간에서의 미니멀리즘은 익히 알려진 대로 각 요소를 최소화하는 것이다. 미니멀리즘의 우선 조건으로 물건을 줄인다는 것은 당연히 합리적 방식이다. 한정된 공간에서 심플하게 살자면 생기는 만큼 없애야 한다. 정리를 위해 없애는 건 아니지만 생래적으로 나는 뭔가 많은 것을 힘겨워한다. 누군가 보내온 과일이나 음식물, 가재도구나 생필품들도 반 이상 나눠 주고 만다. 사재기하는 일 따위 하지 않아 위급 상황에서 딱히 굶어 죽을 거라는 농담을 한 적도 있다. 부자가 될 소양은 애당초 없다. 물건이 많이 쌓이는 걸 견디기 어려워해서이다. 비어 있고 처음대로 정리되어 있어야 안정을 찾는다. 그래서 주변에 사람도 많지 않은가 싶다. 사람을 기다리고 대화를 즐기고 누군가를 은근히 그리워하는데 왜 혼자이고 왜 외로운가. 정리벽과 무관하지 않은 듯하다. 오해와 변명과 설명으로 관계될 인연보다는 외로움을 택하는 쪽이 나의 성향이다. 덧대는 걸 좋아하지 않는다. 그 연장선에서 맨발이 주는 의미가 드러날 것이다.

발에 뭔가가 걸려 있는 걸 못 견디듯 책상 위에도 꼭 필요한 것만 있어야 한다. 책상 위에는 해당 서적과 탁상용 캘린더와 모니터, 노트와 필기구, 그리고 손톱깎이가 있다. 애정결핍 현상인지, 억압된 정서가 나타나는 건지 손거스러미를 잘 뜯는 편이다. 뜯다가 아플 때도 있다. 아프기 직전에 사용하기 위해 손톱깎이를 가까이 두고 있다. 탁상용 캘린더는 필수이며 나만의 커뮤니티 보드 역할을 한다. 스마트폰의 일정으로는 성이 차지 않는다. 희귀한 단어, 기억해야 할 황급한 구절을 빽빽이 쓴다. 원고 마감 일자에는 붉은 동그라미, 기념일에는 파란 동그라미, 약속은 초록 동그라미, 속상하고 아픈 날짜에는 겹 동그라미를 그린다. 중요한 책들은 마주 보는 서가로 정리하고 오른쪽 사이드 테이블에는 생애 서적 몇 권 포개 두고 있다. 릴케, 롤랑바르트, 올라브 하우게, 카프카, 페소아, 노자. 이들을 잊지 않으려는 마음이다. 이러한 형편이니 거실이나 주방이라고 뭐 그리 다르겠는가. 처음 방문하는 사람들은 십중팔구 "어머 여기 사람 사는 집 맞아요?" 혹은 "이 주방에서 밥은 해 먹고 사나요?" 하다가 이후에는 "여기 오면 풍경이 잘 보여요."라고 한다.

물론 사람이 살고 있고 밥도 해 먹고 산다. 기구들

은 사용 후 모두 서랍에 수납되고 전자제품의 코드들은 숨어 있다. 집을 지을 때부터 제일 요긴하게 주문한 사항이 모든 전기 코드를 내부로 넣어 달라는 것과 수납장을 벽처럼 만들어 달라는 것이었다. 복잡한 오디오의 선이 하나도 보이지 않는다. 양말이 발에 걸려 있는 걸 못 견디듯 생활의 군더더기도 눈에 띄지 않아야 한다. 어울리지 않는다고 여기면 아끼는 액자도 걸지 않는다. 시를 쓰는 것도 다변보다 생략에 적합한 특성 때문인가 싶다. 다행히 건축 전공인 남편이 흔쾌히 동의한 바라 주거 공간은 내 입맛에 맞는 편이다. 13년째 살고 있는 이 집은 그런 생략의 요소가 충실하게 반영되어 있으므로 이곳은 나에게 적합한 작업장이자 또 다른 외부이며 휴식 공간이고 접대 공간이다. 심플하다는 건 아마 나에겐 오래도록 진리일 것 같다.

미니멀리즘은 거기에서 그치는 게 아니다. 글을 쓰기 시작할 때 먼저 안경을 공들여 닦고 일체의 소리도 단절한다. 음악조차 완전 소거 후에 책상 앞에 앉는다. 거사를 치르는 사람 같다. 아무 데서나 자투리 시간을 잘 운영하는 사람이야말로 상당히 유능하고 수양이 된 사람일 것이다. 약속에 얽매이기 때문에 외출 시간이 가까워지면 집중이 흩어져서 낭비되는 시간이 그만큼 많다. 약속 시간을 어긴 적이 없다는 게 자랑이 될 수 있을까? 때때로 이런 습성으로 어떻게 창의적인 작업을 할 수 있을까 허탈하지만 어쩔 수가 없다. 그렇게 집중을 위해 다른 요소들을 생략하는 오랜 습관을 데리고 산다. 그것을 그저 '내 삶의 미니멀리즘'이라 칭한다. 어떤 사안들도 웬만해선 다른 사람에게 부탁하거나 요구하지 않고 스스로 하는 편이다. 부탁하는 일은 상대에게 짐을 주는 거라 나에게도 곧 무게로 다가온다. 내가 실행하고 내가 감당하고 내가 즐긴다. 가뿐하고 자유롭다. 나는 이 점이 세상을 사는 나만의 자세라고 여긴다. 삶의 난해한 현상들 안으로 들어가기 위해 물리적으로 단순하게 만드는 방식이다. 나는 내가 영리하지 못하다는 걸 알기 때문에 불필요하고 복잡한 것을 미리 피해 나에게 맞는 용량을 소화하려는 속내가 크다. 이미 현실과 관계들은 충분

이규리

히 복잡하고 고통스럽지 않은가. 간소화하는 대신 집중을 취하면서 정직한 내외부와 만나려는 속셈이다. 내부란 나 자신의 문제를 포함한 고통과 사유에 대한 문제이며 외부란 마주하는 대상, 세계의 갈등과 모순과 저항을 포함한 것이다. 외로울 수밖에 없다.

나는 모든 사물에게 생명이 있다고 여긴다. 폐지도 구겨서 버리지 않는다. 내가 사용하는 물건들을 단순히 물건으로 소용된다고 여기기보다 존재로 여기고 있다. 사물의 존재의식은 릴케에서 비롯되었다. 사물들을 나와 평등한 자리에 두려 한다. 펜이나 용지들, 책상과 의자와 키보드들은 모두 소중한 동반자이니 그들에게 최소한의 격을 부여하는 것. 사물들은 자신의 역할에 소홀하거나 나태하지 않으며 인간보다 겸손하다. 존재하는 대상들에 대하여 한 인간으로서 온전히 마주하고 온전히 교류하고 온전히 결합하기 위하여 나의 용량에 맞게 갖추는 일이 미니멀리즘을 옹호하고 자신의 삶을 다스리는 맞춤한 전략이라 여긴다. 식사도 7첩 반상보다 단품을 선호하는 편이다. 우선 식탁이 단순 정갈하기 때문이다. 그리고 서로 섞이지 않아서 좋다. 먹기 시작해서 먹는 동안의 단정함이 맛을 구성한다. 적을수록 음식을 음미하는 시간이 고요하다. 내가 좋아하지 않는 것은 몇 가지 음식을 주문해 서로 이리저리 나누어 먹으려 흘리고 소란해지는 식탁의 분위기이다. 자신이 선택한 메뉴를 각자가 단정하게 먹는 것이 나의 기호에는 맞다. 더 고통스러운 것은 식사 후 손님이 일어선 뒤에 난장이 된 식탁을 볼 때이다. 이건 내 아이에게 배운 것인데 식사 후에도 티가 안 나게 수저와 빈 그릇들과 냅킨을 가지런히 정리해 두고 나오는 일, 그것이 어느덧 루틴이 되었다. 맨발 이야기가 여기까지 왔다. 양말을 벗고 맨발로 다니는 이유가 발에 밟히는 먼지나 불순물을 염려하기 때문이라면 정신분석학상 이 지독한 결벽증의 내막에는 나도 모르는 나의 불순함을 지우려는 심리가 숨은 게 아닐까 종종 생각하기도 한다. 주변 사람이 불편할까 염려되지만 고쳐질 수도 없고 고치려한 적도 없는 이 습관이 혹 드라이하다고 해도 나는 할 말이 없다. 사실 나는 참 재미없는 편이다.

이규리

산책

여름철에는 새벽 산책을 하고 가을 이후에는 오후 산책을 한다. 물론 운동을 겸한 일인데 외부의 일들을 거의 놓아 버리고 난 이후 이 루틴은 잘 지키고 있다. 몸을 위하는 유일한 일이므로 성실하려고 애쓴다. 따뜻한 물 한 잔을 마시고 나선다. 강변 아파트 쪽에 살 때는 둔치를 이용하며 강물의 흐름을 살피고 노을과 물결에게 나의 아픔을 발설하기도 했다. 강물과 산책로와 저녁 풍경은 고마운 친구였다. 노을이 강렬할 땐 함께 울기도 했다. 그 이후 산이 가까운 공원 안에 살게 되면서 바람과 나무와 허무의 빛깔을 수시로 보고 있다. 이 공원에서 나는 많은 새소리를 들었고 나무의 흔들림을 보았으며 바람이 지나는 길에서 먼 사람들을 그리워하기도 했다. 무엇보다 골을 타고 오는 겨울 바람 소리가 상실감보다 더 큰 실감을 주었고 허공을 다 차지하는 나무들의 흔들림 아래서 왜 이토록 삶은 부조화한가를 묻기도 했다. 우리는 얼마나 가야 진심에 닿겠는지, 무엇을 보아야 자기를 내려놓을 수 있는지 고민했다. 해답은 있거나 없었지만 나는 나무의 삶이 해답이라고 믿기에 이르렀다. 살구나무의 봄 빛깔이, 산딸나무 흰 꽃들이, 청단풍 이파리의 섬세함이, 잎갈나무의 바늘들이 알아들을 수 없는 말을 하고 또 했다. 진심인 시간에 아픔이 물밀 듯 오기도 했다. 그리고 때때로 문장들을 얻었다. 그 모두 살아가는 이야기라고 공원의 존재들이 말해 주었다.

작년 봄부터 산책로가 바뀌었다. 다른 풍경을 위해서이다. 자동차로 15분 거리인 봉무공원엘 간다. 공원의 주 풍경인 호수가 아름다운 반경 3.5km 올레길은 나의 체력에 적정한 거리이다. 무릎이 약한 내가 걷기에 좋은 마사토 길이며 경사가 심하지 않고 야산을 끼고 도는 호수의 반경이 리아스식 해안을 닮아 오솔길을 걷는 즐거움이 있다. 천천히 때로는 빠르게 에너지와 정서를 배분한다. 흐린 날의 수채화 같은 풍경과 물 아지랑이 자욱이 올라온 새벽의 단산지는 황홀하고 감미롭다. 간혹 수상스키 타는 사람들이 밀어내는 물결이 못 가장자리에 부딪힐 때는 파도가 이는 연안

이규리

이 생겨나기도 한다. 이 공원에는 나비박물관과 나비 생태학습장이 있고 나비들을 위한 장미정원과 무궁화 동산이 특히 아름답다. 못을 한 바퀴 돌고 나서 테니스 코트와 미니 암벽장과 장미정원을 돌아 나오는 게 나의 코스이다. 고백인데, 내생이 있다면 나비가 되고 싶다는 마음이 있어 이곳이 더욱 마음에 든다. 나비를 좋아하는 이유는 가볍고 고요하며 형형색색의 아름다운 날개 문양을 보여 주다가 아무도 모르게 사라지는 점 때문이다. 한철 꽃들에게 봉사하다가 흔적 없이 사라지는 이름, 무게도 흔적도 없는 삶 그렇게 살고 싶다.

산책은 빼놓을 수 없는 일상이 되고 있다. 산책하는 동안 나는 될 수 있으면 생각을 비우려 하지만 간절한 것들은 따라붙는 법이라 그냥 둔다. 달라지는 기온과 공기를 느끼고 모래가 살짝 올라오는 발소리를 듣는다. 한 사람, 두 사람 뒷모습을 보고 걷는 일이 얼마나 소중한가를 느낀다. 이전까지 나는 인공의 아름다움에 더 끌렸었다. 도시가 뿜는 현재성을 의미 있는 감각으로 수용하면서 문명의 서정을 만끽하기도 했다. 도시는 현대를 사는 이들에게 나름 많은 재료가 되어 주었다. 피할 수 없는 가치로 삶의 곳곳에 영향을 주면서 절실하고 숨 가쁜 내용이며 주제가 되어 왔다. 그러다가 숲 가운데 이곳에서 나는 이전과 다른 형태를 경험하며 생각하고 반성한다. 그러나 여전히 도시는 지척이다. 모든 삶의 내용은 도시에서 조달되고 구축하니 나는 엄격히 전원인은 아니다. 거처하는 위치가 조금 달라졌을 뿐, 다른 점이라면 여기서는 공기와 고요가 보장된다. 이 변화가 나를 더욱 혼자이게 하는 요인이기도 하다. 달리 말하면 내가 혼자이기 위해 이곳으로 온 것인지도 모른다.

나는 때가 많이 묻었으므로, 췌언이 많았으므로, 솔직하지 못했으므로, 아는 체했으므로, 묵은 먼지를 털어 내는 일이 산책 아니었을까. 그러다가 공원이든 호숫가든 내가 왼쪽에서 오른쪽으로 돌고 있는 걸 발견했다. 왜 같은 방향으로 돌고 있었을까? 인체 심리 연구에서 왼손잡이들은 오른쪽으로 돌고 오른손잡이들은 왼쪽으로 돈다는 보고가 있지만 매번 같은 쪽

이규리

을 고집하는 이유도 강박일까. 의도적으로 변화를 꾀하지만 크게 다르지 않다. 편협한 성질머리 때문일까. 이내 스스로 답을 내리고 있었다. 나는 잘 놀라고 두려움이 많다. 낯선 행동을 할 때는 행동 자체가 크게 의식되어 정신을 한곳에 집중하지 못한다. 산책이야말로 편안해야 한다. 낯선 곳을 헤맬 때는 두려움 때문에 다른 감각들이 경직되곤 했으니 나는 나의 이 강박이 싫지만 불안을 잠재우기 위해 습관을 따른다. 매 순간이 새로워야 하는 건 아니다. 새롭게 느끼는 일이 중요하다. 그리고 남겨 두어도 유추되는 게 사유라고 우긴다. 한곳에 앉아 종일 같은 일만 반복한 바틀비가 똑같은 생각만 한 건 아니라 생각한다. 그런 유형에겐 역습이란 게 있고 저항이란 게 준비되는 법이니까. 제대로 된 모험조차 없었던 부끄러운 생이어도 고통은 시시각각 찾아들었다.

산책은 혼자를 사는 일이다. 혼자서 혼자를 넘어서는 일이다. 왜 나는 늘 혼자인가, 이젠 그런 질문은 하지 않는다. 갈수록 점점 혼자가 되어 있어도 괜찮다. 누군가와 함께 산책해 보았지만 보폭이 맞지 않았고 그들은 침묵을 버거워했다. 나는 맨발처럼 오로지 혼자 있다. 혼자라는 일, 그러나 완벽히 혼자인 삶은 불가하다. 혼자라고 말하지만 혼자인 적 없다. 까뮈의 노트가 있고 카프카의 생이 있고 첼란의 시가 함께 있으므로, 그리고 아주 많이 내가 빚진 우리의 윤동주와 최승자가 있다. 무엇보다 나는 훌륭한 스승을 만난 행운과 그로 인한 소중한 벗들과 잊을 수 없는 사람들이 있으므로 섣불리 혼자를 입에 올리는 일은 어불성설이다. 그러나 그럼에도 물리적으로 나는 혼자이다. 그리고 혼자가 해답이라고 다독인다. 힘이 들 때는 심호흡을 하며 허공을 오래 바라보면 되는 것이다. 그런 와중에 마음을 내어 혼자서 백팩을 메고 낯선 골목을 다닌다. 그리고 간간이 재래시장에 들러 사람들을 살피고, 세차하는 동안 뒷골목의 변화되는 모습을 살피기도 한다. 낌새만으로 차를 세우고 걷다 보면 사람들의 다른 모습이 보이고 어디에선가 기시감이 일기도 하면 한참 생각을 기다린다. 골목의 정서란 게 그런 것 같다. 우리 모두 골목에서 태어난 출신들이다. 요즘 대세라는 레트로 열풍이 또 유행처럼 번져 비슷

비슷한 풍경을 자아내는 것도 재미려니 한다. 쇼윈도를 기웃대는 여유와 사람들을 살펴보는 즐거움. 그렇게 효목동의 새로워지는 모습을 보았고 불로동 고분군에 핀 낮은 노란 꽃을 만졌고 동화천을 걸을 때 암벽등반 하는 날쌘 여성들을 부러워했으며 경주 황남길에선 떨어진 노을에 함께 묻히기도 했다.

그중 나에게 소소하나 중요한 즐거움이 하나 있는데, 몇 년 전까지 몇 군데 전전하던 강의시간에 인연이 된 학생들이 찾아오는 일이다. 나는 그들에게 선생이고 싶지 않다. 친구라고 여긴다. 그들을 만나는 일이 기쁨 중의 기쁨이다. 문학이나 시를 이야기하지 않아도 이미 문학이나 시의 진심이 섞이는 이 대화의 지점을 특히 사랑한다. 그들의 눈이 깊어지고 말이 달라졌을 때, 그들 안에 그들도 모르게 진과 선과 미가 자리하고 있을 때 우리의 시간에 감사했다. 그들이 자신의 삶을 더욱 단단히 하며 독서와 사고가 깊어지고 있음을 볼 때, 나는 벅차게 기쁘다. 그런 그들이 가끔 이곳으로 온다. 이들에겐 꼭 내가 밥을 사 준다. 이게 나의 루틴. 함께 산책하면서 그간의 새로워진 생각들을 나눌 때, 나무들 사이의 이야기가 있다면 이런 것이라고 여긴다. 살아가면서 기억할 깨끗한 시간이다. 그들에게 따뜻한 미소와 이 공원의 순한 햇살들을 내 것인 양 나눠 준다. 이런 기꺼움이라면 조금 더 살아 그들과 공유하고 싶다. 철학자 김영민은 『봄날은 간다』에서 산책에 대해 이렇게 말한다. "산책이란 다르게 걷기이며, 어긋나게 걷기이며, 흔들리면서 걷기이며, 온몸으로 걷기이며, 생각보다 빠르게 느리게 걷기이며, 의도나 상처보다 앞서 뒤쳐져 걷기이며, 버리면서 걷기이며, 그리고 마침내 걷다가 죽어버리기이다."[*]라고. 산책 중에 간간이 사진을 찍는다. 어떤 사진들은 실물을 능가하는데 아무리 심혈을 기울여도 나의 사진은 실물에 미치지 못한다. 이제는 사진 찍지 않는다. 원형은 눈과 귀가 기억할 것이고 종내 그것조차 두고 가야 하는 것인데 메모리칩이 무겁지 않도록 많이 담지 말기를 스스로 종용한다.

---

[*] 김영민, 『봄날은 간다』, 글항아리, 2012, 184쪽.

이규리

아침에는 슈베르트가 좋아, 그리고

햇살이 번져 오는 한가한 아침에 LP판으로 듣는 슈베르트가 좋다. 〈아르페지오네와 피아노를 위한 소나타 1악장〉. 세상에 어떤 일이 와도 그윽하게 존재하리라는 마음이 들게 하는 곡이다. 하나 더, 〈페르 귄트 모음곡 1번 아침의 기분〉도 좋다. 물결이 넘실거리며 하루를 여는 마음, 나는 아끼는 음악일수록 습관적으로 깔아 두지는 않는다. 감동 있는 영화를 두 번 보지 않는 것처럼 희소성은 내 나름의 전략이다. 고즈넉하거나 흐린 날엔 젊은 첼리스트 스테판 하우저가 연주하는 알비노니의 〈아다지오〉나 라흐마니노프의 〈보칼리제〉, 그의 풀 클래식 연주인 〈Live in Zagrab〉는 종일 들을 수 있다. 첫 월급을 타서 국산 인켈 오디오를 장만하고 행복해했던 20대의 순정을 그리워한다. 그때 입문했던 음악이 스메타나의 〈몰다우강〉과 차이코프스키의 〈1812년〉이었다. 몰다우강과 함께 카프카 때문이기도 하지만 체코는 왠지 좋다. 두 번째 체코행에서 실제로 카를교 아래를 돌아 숨어 있는 스메타나 뮤지엄에서 들었던 강물 철썩이는 〈몰다우강〉은 매혹으로 남아 있다. 나는 마니아는 아니다. 음악을 음악이기보다 감성으로 들으며 그저 나를 움직이는 선율들을 아끼고 사랑한다. 그러다 가끔은 김광석이나 조수미, 이승철을 듣고 포레스텔라의 음악은 정성스러워서 좋아한다. 글랜 굴드의 피아노 바흐의 〈골드베르그 변주곡 G마이너〉는 진리이며, 슬플 땐 오르간 소리가 배경된 하이페츠의 바이올린, 비탈리의 〈샤콘느〉로 감정을 고조시킨다. 그리고 저녁 음악으로는 나를 위해 울어 주는 음악, 파두를 사랑한다. 잠시 엿본 포르투갈의 골목을 닮은 파두는 아말리아 로드리게스의 음성이라야 한다. 파두를 다섯 곡 정도 이어 들으며 우울을 최대치로 취한다. 흠씬 젖고 난 뒤 조용히 불 꺼진 방을 나온다. 혼자 있을 땐 내 방의 단순하게 기능이 집약된 제노바 오디오로 듣지만 거실의 진공관과 AR 스피커가 부드럽다. 요즘 유튜브에서 골라 듣는 재미도 좋으며 우연히 들려오는 길거리의 음악도 좋아한다. 멈춰 서서 끝까지 듣는다. 좋아하는 음악은 중간에 끊지 않는다. 라디오 음악 역시 목적지에 도착해도 끝까지 듣는다. 나름의 독특한 습성 하나가 있는데 어떤 사연, 즉 이별이나 커다란 허무 앞에 놓일 때, 아픔이 지나는 동안 카 오디오로 같은 곡을 400번쯤 듣는다. 몰입한다. 그러면 두 달 정도가 지난다. 슬픔도 지난다. 나는 발산하기보다 수렴하는 편이다. 운전하면서 듣는 음악이 감응이 큰 이유는 자동차라는 좁고 폐쇄된 공간이 집중과 흡입을 돕기 때문이다. 울고 씻고 고요해지는 순서이다. 음악보다 더 감정을 쉽게 지배하는 게 있을까? 인류가 음악을 가졌다는 건 대단한 축복이다. 제4시집, 『당신은 첫눈입니까』를 펴낸 겨울에는 푸시킨의 소설이 바탕된 스비리도프의 〈눈보라 중 로망스〉를 여러 차례 오래 들었다. 협연에 사용된 모든 악기가 눈보라를 일으키며 달려오는 시간이었다.

또 다른 루틴이 있다면 오래 끌던 작업이 끝나거나 무거운 일이 해결되었을 때 조조 영화를 보러 간다. 내가 내게 주는 휴식이다. 대형 화면을 마주하며 푹 빠지는 2시간의 행복감을 좋아한다. 따분함을 지나기 위할 때도 있으나 주로 시집의 막 교정 이후나 긴 산문을 탈고했을 경우이다. 가수 정준일의 3집 앨범 소개 글을 부탁받고 일주일 꼬박 만지다가 송고한 뒤 영화관으로 달려갔는데, 때마침 극장 로비 가득 드라마 〈도깨비〉 OST인 정준일의 〈첫눈〉이 울려 퍼지고 있었다. 마치고 들른 올리브영에서도 정준일이 서늘하게 흐르고 있었다. 어떤 우연은 감미롭고 설렌다. 최근에 본 박찬욱의 영화 〈헤어질 결심〉은 여운이 일주일을 넘긴 수작이다. 두 번 보았다. 조조 영화의 매력은 운이 좋으면 혼자서 본다는 점에도 있다. 리클라이너 의자도 한몫한다. 내가 좋아하는 영화는 독일 영화 〈타인의 삶〉처럼 인간의 신념이나 사랑이 움직이게 되는 심리를 보여 주는 그런 영화이다. 조조 영화를 보고 난 후 중요한 순서로 혼자서 먹는 점심을 들 수 있다. 영화의 여운을 가진 채 연어초밥이나 숙주가든 나시고랭, 서브웨이의 에그마요 샌드위치 혹은 아보카도 롤이 있고 P호텔의 브런치인 루꼴라 파스타와 샐러드 그리고 커피는 특히 내가 점하는 메뉴이다. 선택 후 남은 영화의 잔상을 함께 먹는다. 한식은 혼자 먹기에 적합하지 않은 아쉬움이 있다. 우리가 살아가는 이유를 더욱 넉넉하게 만들어 주는 영화의 풍성함을 지닌 채 점심을 먹고 커피를 마시며 넣어 온 책을 읽거나 메모를 한다. 한 가지 일을 끝낸 홀가분함에 덧댄 여유이다.

다음 루틴은 새로운 건축물을 보러 가는 일이다. 물론 인테리어를 포함한다. 상당히 즐겁다. 건축물의 아름다움은 몸이 먼저 느끼고 마음에게 전달하는 순서로 온다. 공간의 힘, 공간을 적정하게 나누는 예술의 힘이라 믿는데 건축가는 어떻게 형태를 잡는 일에 이토록 과감할 수 있는지 부럽다. 알바 알토는 깊고 그윽하며, 안도 다다오는 청량하며 정성스럽고 자하 하디드는 불가능한 상상을 공간으로 탄생시킨다. 그들 공간 안에 있으면 충만해진다. 시는 나를 안으로 스며들게 하는데 건축은 바깥으로 확산하는 에너지를 보여 준다. 멋있게 공간의 일부가 되어 보는 때는 마음이 습기를 말려 보송보송해지는 시간이기도 하다. 그때 마음도 심호흡을 한다. 여행지에서도 건축물 관람이 으

뜸이었다. 팬데믹 기간엔 재방송하는 〈걸어서 세계 속으로〉를 보고 또 보며 세계 곳곳을 누비는 대리만족을 했다. 아니라면 이집트의 햇빛에 물드는 나일강과 두바이의 148층 아찔한 전망대에서 본 가상공간 같은 도시, 그리고 요르단에 남은 로마의 흔적인 신전들과 몽골의 협곡 아래 계류를 따라 하얗게 언 얼음길을 어떻게 알았겠는가. 간간이 마스크 낀 채 금호강 가를 따라 묵묵히 걷기도 했다. 걷다가 피로해지면 공항교에서 지상으로 오르면 곧바로 연결되는 언덕 위의 커피숍 M은 내가 쉬어 가는 곳이다. 미니멀한 건물과 정갈한 내부 그리고 전망이 머물고 싶은 곳이었다.

마지막으로 빠뜨릴 수 없는 루틴, 미술 관람이 있다. 미술작품은 꼭 실제로 보아야 한다는 것이 나의 지론이다. 여러 차례의 외국 여행에서도 가장 찰지게 누린 것이 미술관 순례였다. 음악처럼 나는 그림 역시 내 방식으로 읽는다. 그림은 시의 이미지로 연결되기도 한다. 잊을 수 없는 그림이라면 스페인에서 본 피카소의 〈게르니카〉였다. 모노톤의 〈게르니카〉 앞에

이규리

서는 오래 떠날 수 없었다. 예술의 힘은 시대의 고통을 역사 앞에 보여 줄 수 있다는 점일 것이다. 그리고 숨 막히는 감동이라면 필라델피아 로댕 뮤지엄에서 만난 그의 조각품이 그러했고 20여 년 전, 뉴욕의 모마에서 보았던 자코메티 역시 경악이었다. 며칠 잠자지 못했다. 그리고 휘트니 뮤지엄에서 만난 에드워드 호퍼 특별전은 내 사고의 정직한 대변인 같은 공감으로 가슴이 미어질 것 같았다. 구겐하임 뮤지엄에서 보았던 이우환 특별전은 한국이 아니라 뉴욕이라는 감명이 컸으며 전관에 전시된 그의 전 작업에 뿌듯함이 일었다. 비교적 근래에 만난 야요이의 명랑한 색채조화는 보고 있으면 기분이 좋아졌고, 팀 아이텔의 시공을 결합하는 의외성이 주는 아름다움은 내 컴퓨터 바탕화면을 장식하기에 이르렀다. 그리고 동서를 망라해 내가 가장 사랑하는 작가는 수화 김환기이다. 〈어디서 무엇이 되어 다시 만나랴〉의 푸른빛은 무한이며 영원으로 왔다. 그렇게 인간과 인생과 인식과 영원을 그린 그들의 세계는 깊고도 아련해 그리움이며 사랑이다. 아아, 지금까지 나는 얼마나 혼자가 아니던가?

어쩌면 가장 중요한 루틴의 하나. 지구 환경을 생각하는 일인데 분리수거는 오래전부터 해 온 거지만 더 철저하지 못했다. 온전하게 실천하리라는 다짐이 그것이다. 빙하가 녹는 위기감으로 북극곰 살리기 캠페인에 참여하면서 최소한 내가 할 수 있는 것, 사소하지만 중요한 일부터 하자는 다짐이다. 미세 플라스틱의 공포에 대처하는 일은 시를 쓰는 것에 선행되는 일이다. 내가 생산하는 엄청난 쓰레기를 보면서 내 삶이 더할 나위 없이 누추하다는 자각이 그렇게 했다. 환경은 언젠가는 되돌아온다. 이럭저럭 간혹 처연해지는 밤, 늦은 밤에 맥주 한 잔이나 포도주 한 잔을 마신다. 배가 부르면 안 되니까 안주는 아몬드나 블루베리로 한다. 혼자 마시는 술, 커다란 유리창에 비치는 자신을 바라보며 너는 이대로 괜찮은지? 왜 깊이 잠들지 못하는지? 아직 어떤 문제를 무겁게 지니고 있는지? 왜 의식의 기준에 날이 서 있는지? 사랑이 남아 있는지? 묻는다. 그런 이후 막론하고 선량하자, 너그럽자, 스스로 주문을 한다. 이윽고 나는 없고 내가 남는다.

이규리

한 꽃나무를 위하여

이현호

이현호

2007년 《현대시》로 등단하며 작품 활동을 시작했다. 시집 『라이터 좀
빌립시다』 『아름다웠던 사람의 이름은 혼자』 『비물질』, 산문집 『방밖
에 없는 사람, 방 밖에 없는 사람』 등을 펴냈다.

커튼을 열어젖힌다. 점령군처럼 들이닥친 햇볕에 방 안이 환해진다. 나는 전조등 불빛 속으로 뛰어든 야생동물같이 멈칫했다가 이내 기지개를 켠다. 밤사이 굳었던 근육이 풀어지며, 몸 여기저기가 우두둑우두둑한다. 다시 침대에 눕고 싶은 마음이 굴뚝같지만, 속으로 영차 소리를 내며 이부자리를 정리한다. 하루의 시작을 미루지 말자고 스스로 다독인다.

창문도 활짝 연다. 창문은 집의 귀마개. 조그맣게 재잘재잘하던 새소리가 커진다. 매일 아침 듣는 소리인데도, 나는 여태 저 목소리의 주인을 모른다. 왠지 아기 손바닥만큼 작은 새일 듯한데. 벌써 기억나지 않는 간밤의 꿈처럼 새들은 내 손이 닿지 않는 곳에서 운다. 보이지만 만질 수는 없는, 햇빛과 새소리가 나를 깨운다. 이제부터는 손에 잡히는 일을 할 시간이다.

싱크대 아래에서 고양이 사료를 담아 놓은 통을 꺼낸다. 종이컵 반만 한 잔에 사료를 가득 푼다. 달그락거리는 소리를 들은 고양이들이 어느새 곁에 다가와 있다. 늦잠을 잤더라면 이 고양이들의 울음소리가 나를 깨웠을 테다. 밥때가 조금만 늦으면 고양이들은 성가시게 울어 댄다. 사이렌처럼. 그 소리를 듣고 있으면 몸을 일으키지 않을 재간이 없다. 나도 고양이들도 그것을 안다.

밥그릇 세 개에 사료를 고루고루 나누어 준다. 한때는 늘 밥그릇이 비지 않게 그득그득 주었는데, 지금은 밥때를 지켜 정량을 준다. 체중 조절 때문이다. 수의사에게 애들 다이어트 좀 시키라는 핀잔을 여러 번 들었다. 얘들아, 밥은 너희가 먹지만, 욕은 내가 먹는단다. 마파람에 게 눈 감추듯 사료를 먹어 치운 고양이들이 아쉽다는 눈빛으로 나를 올려다본다. 고양이들이 저희의 건강을 염려하는 내 마음을 알 리 없다.

동물에게나 사람에게나 진심을 전하기란 어렵다.

입맛을 다시는 고양이들을 뒤로하고 할 일을 한다. 고양이 물그릇의 물을 갈고, 고양이 화장실을 청소한다. 매양 하는 일인데도 할 때마다 낯설다. 나는 이기적인 사람이다. 내가 아닌 다른 존재를 위해 무엇인가를 하는 데 익숙하지 않다. 나를 위하는 점이 하나도 없는 일에는 선뜻 마음이 내키지 않는다. 고양이를 돌보는 일도 마찬가지다.

밥을 제때 주지 않으면, 고양이들은 시끄럽게 운다. 마시는 물이 깨끗하지 않으면, 고양이들은 건강을 잃는다. 화장실이 깔끔하지 않으면, 고양이들은 아무 데나 볼일을 본다. 나는 조용히 살고 싶고, 없는 형편에 동물병원을 들락거리고 싶지 않고, 두세 배는 더 품을 들여 가며 그들의 대소변을 치우기도 싫다. 매일 눈을 뜨자마자 하는 일들은 고양이를 위한 것 같지만, 실은 나를 위하는 것이다. 그것은 기꺼움이나 보람과 거리가 멀고, 봉사하는 마음과 질적으로 다르다. 그저 그들과 나의 이해(利害)가 맞아떨어질 뿐이다. 이해관계만큼 끈끈하고, 신뢰할 수 있으며, 거기에 얽힌 이들을 성실하게 하는 것이 또 있을까.

내가 이런 삭막한 생각을 하거나 말거나 고양이들은 만사태평이다. 한 마리는 방바닥에 곤죽처럼 널브러졌고, 한 마리는 소파 위에 몸을 말고 잠들었다. 또 한 마리는 열심히 혀로 제 몸을 핥고 있다. 나도 고양이들도 모두 이기적이고 제멋대로지만, 우리가 함께 모여 사는 이곳은 이상하게 평화롭다. 나는 고양이들을 번갈아 쓰다듬는다. 고양이들이 골골 기분 좋은 소리를 낸다. 왠지 그 소리에 나도 기운을 얻는다. 이것은 무엇의 대가라기보다는 공짜 혹은 덤이다.

인제 오로지 나를 위한 일을 할 차례다. 먼저 어제 밤참을 먹으며 생긴 설거지를 한다. 설거지는 내가 가장 좋아하는 집안일이다. 밥찌꺼기와 기름때가 묻은 그릇을 뽀드득뽀드득 소리가 나게 닦으면, 어느덧 잡생각이 사라지고 기분도 상쾌해진다. 설거지 삼매, 설거지 명상이랄까. 식기 건조대에 차곡히 쌓은 그릇들을 보며 느끼는 성취감도 가볍지 않다. 짧은 시간에 큰 힘을 들이지 않고도 이만한 뿌듯함을 얻을 수 있는 일이 달리 없다. 전문가들이 우울증이나 무기력증을 겪는 이에게 설거지같이 사소한 일부터 해 보라고 권하는 데는 다 이유가 있다.

설거지를 마치고 나면 다른 일도 곧잘 해낼 수 있을 듯하다. 무엇보다 설거짓거리가 있다는 것은 그전에 무언가를 먹었다는 뜻. 그리고 설거지는 다시 무엇이든 먹을 준비를 하는 것이다. '다 먹고살자고 하는 짓'이라는 말처럼, 나는 삶에 무슨 대단한 의미가 있다고 믿지 않는다. 그저 설거지로써 삶은 이어진다. 설거지는 내가 정말 사랑하는 '사람의 일'이다.

고양이 세 마리와 한 인간이 사는 작은 집이지만, 설거지 말고도 해야 할 집안일은 많다. 나는 식탁 의자에 앉아 쉬다가 곧 몸을 일으킨다. 집안일은 해도 해도 끝이 없다. 눈에 불을 켜고 찾아서 하자면 영영 끝나지 않는다. 나는 매일매일 할 것과 사나흘마다, 일주일마다, 보름마다, 한 달마다 할 것으로 집안일을 나눈다. 그러지 않으면 온종일 집안일만 하다가 하루가 다 가 버린다. 몹시 일하기 싫은 날에는 일부러 그러기도 하지만.

이미 해치운 고양이 화장실 청소와 설거지 등은 맨

날 하는 일이다. 쓰레기를 분리수거해서 내다 버리는 것은 보통 사나흘에 한 번꼴이다. 방바닥을 훔치는 일과 빨래는 일주일에 한 번 주말에 한다. 내가 쓰는 화장실 청소는 대략 보름 간격으로 하고, 대청소는 한 달에 한 번이다. 물론 대강이 이렇다는 것이지 이 기간은 엄격하게 지켜지지 않는다. 숱한 집안일에 일일이 해야 할 때를 정할 수는 없다. 괜히 마음이 내켜서 혹은 어쩌다 눈에 띄어서 그때그때 해치우는 일이 잦다.

한 번 하면 그만인 집안일이란 없다. 저마다 간격은 다르지만, 그것들은 영겁 회귀하며 끝나지 않는다. 그러니 집안일은 눈에 크게 거슬리는 것이 없는 선에서 적당히 마무리 지어야 한다. 오늘은 여기저기 굴러다니는 옷가지까지만 정리하고, 책장의 먼지는 내일 닦아야지. 이런 식으로 스스로 타협하지 않으면, 집안일의 굴레를 벗어날 수 없다. 집안일에는 살림의 기술도 중요하지만, 타협의 기술이 더욱 절실하다. 높은 자리에 앉아서 서민의 살림살이도 타협도 모르는 분들은 집안일부터, 집안일에서 배워야 한다.

오늘은 쓰레기 분리수거까지만 하고 집안일을 멈

춘다. 엔간히 집안일을 한 뒤에는 대충 요기하고, 몸을 씻는다. 그러고 냉장고에서 커피 한 잔을 챙겨 들고 책상 앞에 앉는다. 책상 위에는 모니터와 키보드가 있고, 모니터 뒤로는 한 아름 너비의 창문이 있다. 컴퓨터가 켜지는 동안 잠시 창밖을 바라본다. 매일같이 모니터 화면 다음으로 내 눈길이 오래 머무르는 곳이다.

나는 거의 외출하지 않는다. 밖에 나갈 일이 없기도 하고, 부러 밖에 나갈 일을 만들지도 않는다. 다른 작가들은 카페나 작업실에 나가 글을 쓰기도 하지만, 나는 무슨 사명이라도 받은 양 재택근무를 고집한다. 특별한 이유는 없다. 집이 편하고, 외출과 사람 만나는 일이 번거로울 따름이다. 타고난 성격이 이런 것인지, 이렇게 살다 보니 성향도 바뀐 것인지는 모르겠다. 어쨌든 일어나서 잠들 때까지 집에만 있는 생활을 한 지 오래되었다.

종일 집에만 있다 보니 창문은 나와 바깥세상을 이어 주는 유일한 통로다. 그 창구가 보여 주는 세상은 한결같다. 우리 집은 이 층이라서 자리에서 일어나 까치발을 들면 뭇 지상의 풍경이 눈에 들어오지만, 책상 의자에 앉아서 보이는 것이라고는 단풍나무 한 그루와 전나무 두 그루의 상반신 그리고 그 뒤로 펼쳐진 하늘뿐이다.

세상의 모든 창문은 그 자체로 하나의 풍경화다. 액자에 표구한 그림과 달리 창틀에 끼워진 그 그림은 살아 움직인다. 계절과 날씨에 따라서는 말할 것도 없고, 하루 동안도 아침과 점심과 저녁의 풍경이 다르다. 지금은 늦가을 어느 날의 정오 무렵. 나는 붉디붉은 단풍나무와 그에 대비되어 더욱 푸르게 빛나는 전나무를 바라본다. 두어 시간쯤 뒤에는 저 나무들 뒤로 구름이 걸릴지도 모른다. 또 몇 시간이 지나면 노을빛이 묻은 나무들의 모습이 아름다울 테다. 나는 익숙하지만 한 번도 똑같지는 않은 이 풍광을 좋아한다. 모니터 화면을 오래 쳐다봐서 피곤할 때면, 고개를 들고 저 풍경화에 지친 눈을 씻는다.

언제 저렇게 빨갛게 물들었을까. 구름 한 점 없이 파란 하늘을 배경으로 서 있는 단풍나무가 오늘따라 새삼스럽다. 햇빛에 그대로 노출된 잎사귀와 잎 사이에 파묻힌 이파리의 색이 미묘하게 다른 것이 꼭 인상과 화풍 같다. 이윽고 나는 한동안 창밖을 바라보던 시선을 다시 모니터로 돌린다. 창문이나 모니터나 네모반듯한 생김새는 비슷하지만, 그것을 보는 마음가짐은 아주 다르다. 전자가 이완과 환기의 시간이라면, 후자는 긴장과 집중의 시간.

나는 의자에 대충 걸터앉아 있던 몸을 바로잡는다. 앉은 자리에서 두 팔을 머리 위로 길게 뻗으며 스트레칭하고, 심호흡도 한다. 풀어졌던 마음을 다잡는다. 이제 글을 쓸 때다.

책상 위에는 모니터가 세 대 있다. 모니터가 세 대라니 책상이 꽤 크거나 책상도 두어 개는 될 듯하지만, 여느 집에서나 볼 법한 흔한 컴퓨터 책상이 하나 있을 따름이다. 다른 작가들은 노트북 한 대로도 뚝딱뚝딱 글을 잘 쓰는데, 나는 어쩌자고 좁은 책상에 꾸역꾸역 모니터 여러 대를 올려놓았을까. 솔직히 쑥스럽다. 그래도 내 딴에는 이런 환경이 글을 쓰는 데 편하다. 종종 밥벌이로 하는 편집 일을 볼 때도 그렇다.

가운데 모니터의 쓰임새야 특별한 것이 없다. 으

레 워드프로세서인 '한글'의 차지다. 오른쪽 모니터에는 항상 국어사전을 띄워 놓는다. 나는 글 쓰는 속도가 매우 느리다. 스스로 생각하기에도 강박적인 구석이 있다고 여겨질 만큼 걸핏하면 국어사전을 찾아보는 탓이다. 자주 쓰지 않는 말이야 두말할 나위가 없고, 아주 흔하게 쓰는 말도 그렇다. 좋게 말하면 언어를 바르게 쓰려는 노력이지만, 나쁘게 말하면 스스로 하는 말에 확신이 없는 것이다.

한마디 쓰고, 국어사전 한 번 찾고. 내 글쓰기는 이 과정의 연속이다. 내 손은 글을 쓰기보다는 한글 창에서 국어사전 창으로, 다시 국어사전 창에서 한글 창으로 오가는 단축키를 누르기에 바쁘다. 처음에 모니터를 한 대 더 마련한 것은 이 때문이다. 한글 창과 국어사전 창을 한 화면에서 수시로 전환하다 보니 작업 속도도 더디고, 눈도 어지러웠다. 거기서 모니터가 또한 대 늘어난 것도 같은 이유다. 왼쪽 모니터는 그때그때 필요한 자료를 검색하거나 참고 문헌을 띄워 놓는 데 쓴다. 책을 편집할 때는 가운데 모니터에는 교정쇄를, 왼쪽 모니터에는 원고를 띄워 둔다.

이현호

글 쓰는 이가 국어사전을 자주 들추어 보는 것은 당연한 일이다. 모든 일이 그러하듯 문제는 타이밍이다. 국어사전을 오래 들여다본다고 글이 써지지는 않는다. 일단 생각나는 대로 초고를 쓰고, 국어사전은 퇴고하면서 한 번에 살피는 것이 효율적이다. 글쓰기란 생각의 흐름을 이어 가는 것인데, 국어사전을 본다며 그 흐름을 툭툭 끊어 먹는 것은 미련한 짓이다. 내가 늘 나에게 하는 소리다.

돌이켜 보건대 내가 툭하면 국어사전을 뒤지는 것은 딴짓에 목말라서다. 아무래도 글을 쓰기는 싫은데, 그렇다고 영 엉뚱한 일을 하면 스스로 한심하다. 그런데 국어사전을 보고 있노라면, 글을 쓰는 것은 아니지만 왠지 열심히 글을 쓰고 있는 느낌이다. 글을 쓰면서 할 만한 딴짓 중에 이보다 핑계가 좋은 것이 없다. 이를 다 알면서도 고치지 못하는 것이 내 오랜 병폐다.

딴짓할 여지를 없애는 것. 언제나 그것이 숙제다. 글을 쓰기 전에 이런저런 집안일을 해 두는 것도 그래서다. 글을 쓰다가 다른 일로 도망치지 못하도록 스스로 미리 단속하는 것이다. 괜히 방바닥이 지저분하다며 자리에서 일어나 청소기를 돌리지 못하게, 물 한 잔 마시러 갔다가 싱크대에 쌓인 설거지를 하지 않게, 볼일을 보러 갔다가 화장실 청소까지 하고 나오지 않 게끔 말이다. 내 의식의 한편은 항상 한눈팔 것을 찾 는 데 혈안이 되어 있다. 글을 쓰려면 이런 나와의 싸 움이 먼저다.

나는 글쓰기에 즐거움을 잃은 것일까. 나 자신을 컴퓨터 앞에 붙들어 두려고 스스로 하는 일들을 생각 하니 좀 비참하다. 언제부터 내게 글쓰기가 집안일 다 음이 되었는지 모르겠다. 예전에는 글을 쓰면서 다른 일은 눈에 들어오지 않았던 듯한데. 글 쓰는 삶. 그토 록 원하던 것을 애써 손에 넣었건만, 그것은 이내 허 무하리만치 쉽게 손가락 사이를 빠져나간다. 스스로 삶을 장악할 수 있는 아귀힘을 길러야 한다.

이따금 책을 편집하는 일 따위를 외주로 하기는 하 지만, 요 몇 년간 나는 거의 전업 작가로 살고 있다. 전 업 작가라니, 그것은 고등학생 무렵부터 내가 환상처 럼 꿈꾸던 일이다. 대학과 대학원을 졸업하고, 늦깎이 로 군대에 다녀오고, 몇몇 직장을 전전하는 동안 그

꿈은 더욱 간절해졌다. 학교에서도 군대에서도 직장에서도 남몰래 틈틈이 글을 쓰며, 온종일 글만 쓰는 삶이란 얼마나 행복할지 상상했다. 기어이 꿈을 이루기 위해 직장을 박차고, 여러 아르바이트를 하며 생계를 꾸리다 이윽고 그마저도 그만두었다. 그리고 여태 집에서 글만 쓰며 어찌어찌 먹고살고 있다.

당장에 경제적인 현실도 그렇고, 미래를 떠올리면 불안하기 짝이 없는 삶이다. 그럴수록 무엇이든 더 열심히 쓰려고 몸부림쳐야 하건만, 나는 갈수록 방만하고 나태해진다. 예전에는 시간을 쪼개고 쪼개어 글을 썼는데, 시간이 차고 넘치니 오히려 글쓰기에 소홀하다. 지하철에서도 화장실에서도 책을 읽던 나는 어디론가 사라지고, 누워서 유튜브나 OTT를 들여다보는 나만 남았다. 역시 사람은 가지지 못한 것에 더 큰 의미와 가치를 두는 것일까. 아무리 좋은 것이라도 막상 손에 넣으면 그간의 열의와 애정은 금새 식고 마는 것일까.

나의 이런 작태가 번아웃이나 슬럼프 때문은 아닌지 고민도 해 보았다. 결론은, 아니올시다. 사실 번아

웃이나 슬럼프라는 말을 입에 담기에도 겸연쩍다. 근래 나는 그것들을 겪을 만큼 치열하지 못했다. 나태함과 방만함에 서서히 물들다가 어느새 거기에 푹 젖어버렸다. 생활은 습관과 관성의 힘으로 굴러간다. 산꼭대기의 조그만 눈 뭉치가 구르고 구르다가 끝내는 산사태를 일으킬 만큼 거대한 눈덩이가 되듯이 하루하루 게으름을 피운 결과로 삶은 나태와 방만의 구렁텅이에 빠져들었다.

자유에는 반드시 자율성이 뒤따라야 한다. 자유가 무엇에 얽매이지 않고 자기 마음대로 할 수 있는 것이라면, 자율성은 자기가 정한 원칙에 따라 어떤 일을 하거나 스스로 자신을 통제하여 절제하는 것이다. 특히나 나처럼 아무 때나 쉴 수 있고, 눈치 볼 사람도 없는 환경에서는 자율성을 지키는 일이 무엇보다 중요하다. 스스로 정한 시간과 원칙에 맞춰 먹고, 쉬고, 일하지 않으면 삶이 걷잡을 수 없이 무너진다. 다른 누구도 아닌 내 손으로 내 삶의 나사를 조여야 한다.

마음은 언제나 천방지축 제멋대로다. 그 마음에 고삐를 채우고, 주변에는 울타리를 둘러야 한다. 매일 밤 잠들기 전, 나는 저 멀리까지 뛰쳐나가 놀던 마음을 잡아끌고 온다. 그리고 오늘은 놀 만큼 놀았으니 내일은 열심히 글을 쓰자며 마음을 달랜다. 이때만큼은 부끄러운 마음이 순순히 말을 듣는다. 고삐를 말뚝에 매어도 싫은 기색 없이 얌전히 울타리 안에 머문다. 한숨 자고 일어나면, 마음은 나를 태운 채 저 황량한 백지(白紙) 위를 나는 듯이 뛰어다닐 것만 같다. 타닥타닥 말발굽 소리 같은 타자 소리에 맞추어.

그러나 다음 날의 현실은 눈을 뜨자마자 커튼을 여는 것부터가 난관이다. 침대 머리맡의 스마트폰을 찾아 쥐고 시간만 확인한다는 것이 어느덧 정신을 차려 보면 한두 시간이 훌쩍 지나 있다. 인터넷 뉴스를 일별하다가 나도 모르게 인터넷 서핑에 빠진 탓이다. 아침밥을 조르는 고양이들 덕분에 중간에 한 번 일어났다가도 자석에 끌리듯 다시 침대 속으로 기어들고 만다.

시간 관리에 철저한 배우자와 함께 산다면 좀 나을까. 아니다. 타인에게 의지하려는 생각 자체가 벌써 문제다. 어차피 글쓰기는 홀로 하는 작업이다. 내 못난 성정으로는 누군가가 내게 이래라저래라 참견하는 것도 얼마 견디지 못할 테다. 그제야 자율성 어쩌고 운운하면서. 정작 가지고 있을 때는 그 소중함을 생각지 않다가, 잃고 나서야 비로소 그 가치를 깨닫는 것이 얼마나 많은가.

잠자리에서 늦게 일어나면 그 뒤는 자연스레 엉망 진창이다. 웬만한 집안일은 모른 체해도 좋으련만, 이 상하기도 하지. 이런 날일수록 집안일이 더 눈에 밟힌 다. 괜한 집안일까지 하고, 밥을 먹고, 씻고, 잠시 쉬었 다가, 이메일을 확인하고, 그러다가 무슨 의례라도 되 는 양 다시 인터넷 서핑에 빠졌다가 헤어나면 벌써 시 간은 서너 시가 되어 있기 일쑤다.

이때부터라도 마음을 다잡으면 될 일이지만, 그러 기는 쉽지 않다. 오늘은 어차피 글렀다는 생각이 독 버섯처럼 피어오른다. 오늘은 첫 단추를 잘못 끼웠으 니 그냥 흘려보내고, 내일이야말로 심기일전해서 부 지런히 보내자는 마음이 든다. 차라리 낮술이나 먹고, 일찍 자고 일찍 일어나 꼭두새벽부터 글을 쓰자는 형 편없는 아이디어도 떠오른다. 일이 이쯤 되면 정말이 지 구제 불능이다.

이럴 때 내가 스스로 내리는 처방은 샤워다. 목욕재계하며 흐트러진 마음을 추스르는 것이다. 샤워할 때는 좋든 싫든 몸을 때리는 물줄기의 촉감에만 집중하게 된다. 이때 내 몸을 두드리는 물방울은 그 하나하나가 죽비다. 나는 나를 마구 때리는 죽비에 몸을 내맡긴 채 느슨해진 정신을 가다듬는다. 폭포수 아래서 용맹정진하며 참선하는 도인을 흉내 낸달까. 물을 맞으면서는 생각하는 것 말고 달리 할 수 있는 일이 없다. 삼라만상의 진리를 깨우치려는 도인도 잡생각을 다스리려고 폭포 샤워를 하는 것일까. 그렇다고 생각하니 어쩐지 조금은 위안이 되기도 한다.

몸이 생각과 마음을 담는 그릇이라면, 샤워는 나를 설거지하는 일이기도 하다. 밥찌꺼기처럼 들러붙은 잡념을 털어 내고, 기름때처럼 끈적끈적한 나태함을 씻어 내기에 샤워만 한 것이 없다. 설거지해서 말끔하게 윤이 나는 그릇을 보면 기분이 좋아지듯 샤워를 하고 나면 몸도 마음도 개운하다. 그러면 설거지를 끝마쳤을 때처럼 무슨 글쓰기라도 시작할 수 있을 성싶다.

한국에너지공단에 따르면 샤워기를 1분간 틀어 놓

으면 7.5L의 물을 쓰게 된다고 한다. 샤워를 5분 하면 30L가 넘고, 10분이면 70L가 넘는다. 큰 생수병 하나가 2L이니 실로 어마어마한 양이다. 세계적으로 물이 부족한 시대에 쓸데없는 샤워로 물을 낭비할 수야 없지. 스스로 생각하기에도 허튼소리이기는 하지만, 아무튼 나는 지구에 덜 미안하기 위해서라도 열심히 글을 쓰자고 혼잣말을 주워섬긴다. 샤워는커녕 먹을 물도 부족한 사람들이 많은데, 이런 좋은 환경에서 게을러서는 안 된다고 스스로 잡도리한다.

이것이 얼마나 알량한 마음 씀씀이인지 잘 안다. 말하면서도 스스로 창피하다. 그렇지만 이렇게라도 나를 다그치지 않을 수 없다. 나는 사람이 사람다워지려면 엄청난 윤리 의식을 갖기보다는 사소한 양심의 가책을 곧잘 느껴야 한다고 믿는다. 보통 사람이 사는데 무슨 대의가 필요하지는 않다. 일단 자기 할 일이나 똑바로 하는 것으로 족하다.

유유자적하되 허랑방탕하지 않을 것. 안빈낙도하되 마냥 현실에 안주하지 말 것. 안분지족하되 글에서만큼은 더 욕심을 낼 것. 당장 떠오르는 생각에 나는 이 세 가지만 지켜도 스스로 떳떳할 듯싶은데, 생각대로 살아가지를 못한다. 생각하는 대로 살지 않으면 결국에는 사는 대로 생각하게 된다는 잠언이 불현듯 떠올라 낯부끄럽다.

이따금 독자와 만나는 자리에서나 글쓰기 강의를 하다 보면 자주 듣는 질문이 있다. 글을 쓰는 데 습관이나 루틴이 있는지가 그것이다. 나는 그럴 때마다 내 이야기를 있는 그대로 들려주고, 마지막에는 꼭 한마디를 덧붙인다. 나는 나이고, 당신은 당신이니 내 얘기는 그냥 재미로 흘려들으시라고 말이다. 대신 오늘부터 이런저런 시간대에 다양한 장소에서 글을 써 보시라고 한다. 그러면서 스스로 집중이 잘되는 시간과 장소를 찾아보기를 권한다.

사람들은 작가의 삶에 얼마간 환상이 있는 듯싶다. 글쓰기란 특별한 재능이고, 작가들은 저마다 창작의 비법을 가지고 있다고 여기는 것도 같다. 얼마 전에도 인터뷰이로서 한 대학생과 인터뷰하는데 이런 질문을 받았다. 글쓰기를 직업으로 삼기 위해서 갖추어야 할 조건이나 마음가짐이 있느냐고. 나는 이렇게 대답했다.

작가로 산다는 것은 특별한 일이 아니라고. 누구라도 글을 쓰면서 살 수 있고, 글을 쓰면 누구나 작가라고. 작가도 직장에 다니는 사람과 다를 바 없다고. 사람들이 직업으로서 물건을 만들어 팔듯이 작가는 문장으로써 그럴 뿐이라고. 작가는 좋게 말해 봐야 문장노동자에 불과하고, 나쁘게 말하면 대부분 시간을 백수로 지낸다고. 작가의 삶에 가지는 환상이 오히려 작가로 사는 데 걸림돌이 된다고 말이다.

언제부터인가 루틴에 관한 자기 계발서가 쏟아지고 있다. 나도 다른 글에 루틴 이야기를 한 대목 쓰기도 했다. 거기서 나는 루틴이란 다만 개인의 성공을 위한 습관이 아니라 우주를 지탱하는 힘이라고 이야기했다. 루틴을 틀에 박힌 행동이나 어떤 일의 반복이라고 본다면, 지구가 일정한 궤도로 태양 둘레를 돌고 또 달이 지구를 도는 것도 루틴이다. 어김없는 계절의 변화나 해류의 순환 등도 마찬가지다. 이 우주적인 차원의 루틴 없이 세계는 존속할 수 없다.

물론 개인의 삶에도 루틴은 중요하다. 그때그때 닥치는 일만 해결하며, 되는대로 살아서는 죽도 밥도 안 되기 십상이다. 그 사실은 내가 누구 못지않게 잘 안다. 전업 작가로 살아온 요 몇 년간은 루틴을 만들고 그것을 지키려는 투쟁의 연속이었다. 타인과의 다툼이라면 지든 이기든 벌써 승부가 났겠지만, 나는 나를 떠날 수 없어서 이 싸움은 지금도 지루하게 이어지고 있다. 내 루틴이라고 해 봐야 글을 쓰기 전에 집안일을 하는 것뿐인데, 그마저도 거르지 않고 제때제때 하지 못한다. 그러고 보니 일상적으로 늘 반복해서 하지 못하는 일을 루틴이라고 부를 수 있는지 모르겠다.

나야 루틴 흉내나 내는 신세이지만, 누군가가 자기만의 루틴을 만들려고 노력하는 것을 보면 성심으로 응원하고 싶어진다. 이미 자기만의 루틴을 실천하고 있는 이에게는 존경심이 든다. 내게 루틴은 우주적인 차원의 무엇이기도 해서 그것은 곧잘 신성함과 연관된다. 영국 시인 윌리엄 블레이크는 「순수의 전조」라는 시에서 "한 알의 모래에서 세계를 보며/한 송이 들꽃에서 천국을 본다"라고 노래했는데, 나는 저 '한 알의 모래'처럼 사소한 개인의 루틴에서도 세계를 움직이는 루틴이 품은 것과 다르지 않은 신성함을 느낀다.

우리는 알게 모르게 저마다의 루틴으로써 살아간다. 아침에 일어나서 씻고, 옷을 입고, 출근하기까지의 모든 과정도 루틴이다. 거울을 보며 '잘할 수 있어'라고 다짐하는 것도, 잠들기 전 스스로 건네는 '오늘도 수고했어'라는 말도 그렇다. 이것들은 아주 사소해 보이지만, 실은 우리의 생활을 제대로 굴러가게 하는 동력이자 삶을 지탱하는 기둥이다. 한 사람의 삶을, 나아가 사람과 사람의 관계를, 그리하여 우리의 세상을 움직이는 저 사소한 루틴들에 신성함이 깃들지 않을 리 없다. 매일 똑같은 일상을 되풀이하는 봉쇄수도원의 수도사나 사찰의 스님을 떠올려 보면 더욱 그렇다.

루틴은 꾸준히 반복한다는 데 의의가 있을 뿐, 그 내용은 별반 중요하지 않다. 세상에 똑같은 삶은 단 하나도 없으므로 타인의 루틴을 따라 할 필요도 없다. 남들 눈에 이상하게 보일지라도 피해만 끼치지 않는다면, 루틴은 어지간히 괴상해도 좋다. 루틴은 오롯이 자기를 위한 것이니 체형에 맞는 옷을 골라 입듯이 내가 편하면 그만이다. 내가 앞에서 자주 듣는다는 질문에 자기가 집중을 잘하는 시간과 장소를 찾으시라고 대답한다는 것도 이런 이유에서다.

여기까지 쓰고, 나는 잠시 고개를 들어 창밖을 바라본다. 울긋불긋한 단풍나무를 보며, 모니터의 인공적인 빛에 지친 눈을 쉰다. 얼마나 지났을까. 멍하니 있던 머릿속에 문득 시 한 편이 떠오른다.

벌판한복판에 꽃나무하나가있소. 근처(近處)에는꽃나무가하나도없소. 꽃나무는제가생각하는꽃나무를 열심(熱心)으로생각하는것처럼 열심(熱心)으로꽃을피워가지고섰소. 꽃나무는제가생각하는꽃나무에게갈수없소. 나는막달아났소. 한 꽃나무를위(爲)하여 그러는것처럼 나는참그런이상스러운흉내를내었소.

—이상, 「꽃나무」 전문

도심 주택가에 외따로 있는 단풍나무를 쳐다보고 있어서였을까. 뜬금없이 이상의 「꽃나무」라니. 나는 이왕 생각난 김에 책장에서 이상의 시집을 꺼내 이 시를 찾아 읽는다. 띄어쓰기에 유의하며, 몇 번을 되풀이해서 읽다 보니 이 시가 꼭 루틴에 관한 이야기 같다. 봄, 여름, 가을, 겨울. 일정한 주기에 따라 꽃을 피우고, 낙엽을 떨구고, 열매를 맺는 것은 뭇 식물의 루틴이다. 우리 집 앞의 단풍나무가 그렇듯 시 속의 꽃나무가 열심으로 꽃을 피우는 것도 매한가지일 테다.

사람들이 루틴을 만듦으로써 목표를 이루려는 것처럼, 이 시에서 꽃나무는 열심으로 꽃을 피워서 제가 생각하는 꽃나무가 되고자 한다. 그런데 그런 꽃나무의 고투를 지켜보던 나는 그만 달아나 버리고 만다. 왜일까. 제가 생각하는 꽃나무에 갈 수 없는 꽃나무의 모습에서 자기 자신을 보았기 때문일까. 거기서 꿈과 현실 사이의 괴리를 느껴서일까. 꿈을 이루지 못하리라 예단하고, 실패가 현실이 되어 비참함을 겪기 전에 미리 서둘러 도망친 것일까.

이상의 다른 작품에 비하면 딱히 어려운 말이 없는 시인데도 보면 볼수록 모르겠다. '이상스러운 흉내'는 또 무엇일까. 꽃나무에서 도망치는 행동이 이상하다

이헌호

는 것인가. 꽃나무에서 달아나는 것이야말로 자기답다는, 즉 이상답다는 것인가. 시는 아리송하기만 하지만, 어쨌거나 꽃나무에서 달아나는 화자를 보는 맛이 씁쓸한 것만은 틀림없다. 화자가 꽃나무에서 자기를 보았듯 나는 그에게서 지금의 내 모습을 엿본다.

뻔한 소리지만, 무엇이든 생각하기 나름이다. 똑같은 행동도 어떤 마음가짐이냐에 따라 무의미한 반복일 수도 있고, 루틴이 될 수도 있다. 따지고 보면 징크스와 루틴은 한 끗 차이다. 물론 그 한 끗도 마음먹기에 따라 얼마든지 뒤집을 수 있는 것이다. 「꽃나무」에 관한 해석을 찾아보니 하나같이 꽃나무를 화자의 모습이 투영된 객관적상관물로 분석하고, 화자의 심리를 파악하는 데 중점을 둔다. 그런데 나는 읽기를 거듭할수록 이 시의 주인공은 '나'가 아니라 '꽃나무' 같다. 내가 생각하는 꽃나무에 도달할 수 있든 없든, 화자가 나를 떠나가든 말든, 열심으로 꽃을 피우는 저 꽃나무 말이다.

어떤 루틴이든 그것은 그 한 사람에게만 의미가 있다. 루틴은 오로지 내 세계만의 법칙이다. 내 세계에서만 유의미하게 작동하는 원리다. 꽃나무는 누가 피우라고 해서 열심히 꽃을 피우는 것이 아니다. 스스로 자기를 자기답게 하는 쳇바퀴에 묵묵히 몸을 실을 뿐.

　나는 단풍나무에 머물던 시선을 다시 모니터로 옮긴다. 그리고 국어사전에서 루틴이라는 말을 다시금 찾아본다. 한글 창에서 국어사전 창으로, 다시 국어사전 창에서 한글 창으로 넘나드는 단축키를 누르며. 딸까닥딸까닥 말달리는 소리를 내면서.

　　　　　　　　　　　　　　　　　　　이현호

내게 시가 오는 순간들

정현우

정현우

2015년《조선일보》신춘문예로 등단하며 작품 활동을 시작했다. 시집
『나는 천사에게 말을 배웠지』, 산문집 『우리는 약속도 없이 사랑을 하
고』를 펴냈다. 제4회 동주문학상을 수상했다.

1월 18일

죽어 있는 시계가 있다. 45초에서 46초 사이에 멈춰 있다. 그 사이에 내가 있다. 시간은 늘 벽을 타고 다닌다. 들어갔다가 나왔다를 반복한다. 이방인처럼 시계의 약을 갈아 끼운다. 딸깍딸깍 움직이지 않는다. 시간이 분절된다. 잘려 나간 시간들을 본다. 늦은 오후다. 늦은 밤이다. 정해졌으므로 정해진다. 숫자 속에 시간이 없다. 시간이 없고 시계가 자란다. 뿌리는 시간을 알 수 없고 알 수 없는 것들 속에 시간이 있다. 시계가 끄덕거린다. 손가락들이 제 각기 따로 움직이듯. 시계 침들이 움직인다. 시침과 분침 사이 바람이 분다. 시간 안에 공이 있다. 시간 뒤에 시계가 있다. 시계를 세운다. 시간들이 겹겹이 일어난다. 당신과 나 사이의 거리. 행성 또는 은하와의 거리. 집과 집, 마을과 마을, 숲 또는 방, 미시의 것들. 태양이 우리를 도는 시간이, 지구가 우리를 도는 시간이 허무하다. 사용되지 않은 시간들이 자꾸만 깊어지는 밤이다.

2월 18일

　오늘은 시를 쓰기 위해 산책을 했어. 하늘은 조금 맑았고 바람은 느리게 불었지. 살아 있는 동안 내가 시를 얼마나 쓸 수 있을까 하는 고민도 하게 돼. 우리가 잠드는 것은 어쩌면, 매일 죽는 연습을 하는 것이 아닐까. 잠 속의 나는 나를 인식하지 못하니까. 꿈을 꾸는 시간은 우리가 점점 소멸하는 시간이기도 하겠지. 그럼에도 죽음은 언제나 낯설고. 얼마 전에는 장례식을 다녀왔어. 모두가 조의금처럼 앉아 있고, 두

눈에 그렁그렁한 눈물을 보고 있자니 어떤 말을 해야 할지 몰랐어. 그래서 국화꽃 한 송이를 내려 두고 왔지, 모두가 알고 있다는 듯이 그렇게. 장례식장 밖으로 나왔는데 추운 바람이 불었어. 아무렇지 않게 흘러가는구나, 모든 것이. 우리의 죽음은 어떤 모양으로 있는 걸까. 나의 죽음 어떤 모양일까. 잠시 잠들어도 좋다는 생각이 들었어.

◢3월 12일

꿈을 꾸었어, 손가락이 없어지는 꿈을, 손가락들을 찾아가는 꿈이었는데, 내가 도착한 마을은 유리로 된 도시였어. 사람들의 몸은 모두 유리로 되어 있었고, 눈동자는 붉은색과 푸른색이 반쯤 섞인 아름다운 색이었어. 푸른 다리를 지나, 어둠처럼 깊어진 강물을 내려다보고 있는데, 뒤에서 여자가 나의 등을 건드렸어. 눈동자 색이 황금빛으로 빛나고 있었어. 내가 보았던 것은 분명히 눈은 인간의 눈이었어. 그녀는 내

손을 잡더니 자기 집으로 가자고 했지. 도착한 그녀의 집 안은 나무로 된 가구들로 가득했고, 책장 안에는 책들이 꽂혀 있었어. 책들을 하나씩 꺼내 보내는데 그녀가 내게 이런 말을 했어.

"너희 인간들은 유한한 시간을 사니까 더 아름다운 거야."

"그럼 너희 유리 인간들은 생명이 영원하잖아."

"영원히 사는 것이 꼭 좋지는 않아."

"영원히 사는 기분은 어떤 느낌이야?"

나의 질문에 그녀는 책을 열더니 아무 말 하지 않았어.

나의 시 대부분은 꿈에서 일어났던 일들을 다시 재구성하면서 쓰인 것이 많아. 꿈이라는 것이 대부분 휘발되는 경우가 많지만, 이미지들이 나의 잔상으로 많이 남거든. 그런 이미지들을 곰곰이 생각하고 있다가 적어 내려가지. 이미지를 하나로 합치는 작업을 하다 보면 그것이 또 한 편의 시가 돼.

정현우

3월 22일

오늘 너의 기분은 어땠어? 나는 오늘 두 번째 시집을 준비하러 카페에 왔다가 시가 하나도 써지지 않아서 가만히 눈을 감고 생각했지. 네가 있는 곳에는 어떤 날씨가 계속 될까, 그곳에는 사람들이 날개를 달고 날아다닐까, 아니면 어떤 바람으로 빛으로 흘러 다니는 걸까. 천국에 대해서 생각해 보는 날이었어. 난 그게 궁금해. 천국에는 울음도 없고 슬픔도 없다는데 그럼 정말 슬프지 않니? 슬픔이 없으면 정말 슬프지 않은 걸까? 가만히 있다가 천사가 내게 영생을 준다면 이라는 엉뚱한 상상을 해 보았어. 맨 처음에는 '그럼 세계가 멸망할 때까지 지켜봐야지' 하고 생각했다가, 조금 뒤에는 슬퍼졌어. 나 혼자가 되는 날이 온다는 생각 때문에 말이야. 너는 거기서 혼자 있을 텐데, 가끔 보고 싶으면 꿈에서라도 볼 수 있으면 좋을 텐데, 많이 슬프지 않을 거라 믿어. 네가 혼자 있는 거기.

3월 29일

　오리 대신 거위 두기, 거위 대신 가위로 오리기, 가위 대신 햇살로 이어 붙이기, 햇살로 색종이 만들기, 색종이로 사람 만들기, 사람으로 사람 만들기, 사람으로 레고 만들기, 레고로 정원 만들기, 정원 대신 나무들 올려 두기, 나무들 위에 구름 얹기, 구름 대신 바닷속에 있는 소라 올려 두기, 소라에 귀 기울여 보기, 소라의 숨을 생각하다가 그대로 숨 참아 보기, 숨 참고 있다가 인어 떠올려 보기, 인어가 지나갔던 바닷길 생각해 보기, 얼지 않는 겨울 올려 두기, 바닷가에 내리는 눈 생각하기. 폭설이 내리는 눈부처, 눈부처 위로 떨어지는 새들의 깃, 깃을 따라 올라가면 깊고 깊어지는 물길을 따라가는 어둠, 어둠, 어둠 속에서 눈을 뜨는 것들, 눈이 뜨이지 않는 것들, 아무렇게나 자라는 가지들, 가지를 부러트리면 바람 소리가 나는, 불지 않는 바람은 서글픔을 견디는 나뭇가지의 눈, 그런 눈을 전부 다 녹이면 사람에게는 눈물이 되고, 바닷가의 진주알, 작고 단단하고 빛나는 알갱이, 여름이 쏟는

154

정현우

겨울, 겨울이 숨어 있는 모래알.

4월 2일

한 해를 기다리는 건 내게 크리스마스를 기다리는 일과 같아. 크리스마스라는 계절감이 너무 좋기도 하고, 무조건 오게 되는 것이잖아. 내게 돌아오지 않는 것을 기다리는 일은 참 슬픈 일이지. 네가 있는 곳에는 크리스마스가 있어? 아직 크리스마스가 오려면 한참 멀었지만, 맑은 하늘을 올려다보면, 눈 내리는 상상을 하면 마음이 따뜻해지는 기분이야. 한여름에 겨울을 생각하고, 한겨울엔 또 여름을 생각하는. 그런 의미를 아니? 네가 좋아했던 계절은 여름이었잖아. 네가 눈 내리는 겨울에 여름에 하고 싶은 일들을 마구 늘어놓았던 장면이 기억나. 제주도 여름 해변 맨발로 걷기, 비자림 생각 없이 걷기, 아스팔트 도로 위로 걷기. 그러고 보니 걷기가 많았구나, 걸어야 하는 삶이구나. 걸어야 완성되는 삶이 인간의 삶인 걸까? 나는 요즘 그렇게 생각해. 이 세계의 커다란 잎사귀들이 내 눈을 가리고 있어서 네가 보이지 않을 뿐이라고. 우리 함께 꿈을 꿀 수 없다는 것이 이상하고 슬퍼.

5월 21일

내 유년에는 항상 개와 고양이들이 있었어. 다섯 살 때부터 스무 살이 넘게까지 묘묘라는 고양이가 있었고, 진호라는 진돗개가 있었고, 털보라는 강아지도 있었지. 지금은 내 곁을 떠나고 아무도 없지. 이런 공허함이 내게 나쁘지는 않아. 돌이켜 보면, 시를 쓸 때 여러 가지 감정들을 느껴 보는 것도 중요한 것 같기도 하거든. 묘묘는 온몸이 새카만 고양이었어. 눈은 노란 빛과 푸른색이 섞여 있는 오묘한 색깔의 눈이었고. 내가 키웠던 개와 고양이 중에서 가장 똑똑하고 영특했던 고양이야. 내가 몇 번 시키면 그대로 따라 할 정도로 정말 똑똑했거든. 묘묘는 내게 시를 가르쳐 주었어. 묘묘는 다른 고양이들과 다르게 산책을 좋아하는

정현우

고양이었어. 그래서 노끈으로 만든 목줄을 하고 골목을 누비고 다녔지. 묘묘한테 가끔 사냥을 시키기도 했는데, 묘묘가 정말 착한 것은 내가 잡아 오라고 하는 쥐나 새 같은 것들을 상처가 나지 않게 조심스럽게 물고 왔다는 거야. 내가 묘묘를 쓰다듬어 줄 때 항상 했던 말이 있지.

"너는 검고 커다란 참 착한 고양이구나."

묘묘는 큰 개에게도 지지 않았어. 다른 사나운 개들이 나를 위협할 때면 묘묘는 그 사이를 든든하게 막아 주었거든. 묘묘는 나의 유년 시절을 책임졌던 수호천사였어. 외풍이 심했던 집에서 고양이와 끌어안고 있으면 정말 따뜻했거든. 첫 시집 『나는 천사에게 말을 배웠지』를 내고 가장 많이 들었던 질문이 '작가님의 슬픔의 근원은 무엇인가요?'라는 질문이었어. 그런 질문을 받을 때마다 나는 묘묘가 마지막으로 내게 고개를 만져 달라고 손을 툭툭 치던 장면이 떠올라. 묘묘가 마지막에 숨을 거두기 전까지 나를 기다렸던 것을 생각해 보면 지금도 마음이 아프거든. 개나 고양이가 죽으면 천국으로 먼저 가서 기다린다는 말을 참 좋아해. 그렇지만 꿈속에서 만난다면 더는 기다리지 말라고 하고 싶어. 아직 해야 할 일도 많고, 내가 그곳까지 가려면 아직 더 많은 시간이 흘러야 하니까. 정말 죽은 것들은 어디에 있는 걸까? 인간과 다르게 흘러가는 고양이의 시간을 곰곰이 생각해 보면 신이 일부러 그렇게 만든 것인가 라는 생각도 들어. 우리에게 다가올 크고 작은 슬픔들로 미리 넘어뜨리는 것이 아닐까 하는 생각들 말이야. 그럼에도 묘묘가 내 곁에 없다는 것은 마치 아무도 없는 어두운 방 속에서 손전등을 들고서 고양이를 찾는 일 같아. 없는 걸 알면서도 자꾸 들여다보는, 자꾸 확인해 보는 그런 마음.

6월 12일

오늘은 북토크가 있던 날이야. 항상 받는 질문은 '작가님의 천사는 어떤 모습을 하고 있나요?'라는 질문이야. 중세 유럽의 천주교에서는 흔히 천사를 아름답고 커다란 날개를 달고 있는 사람의 형상으로 묘사하고 있잖아. 그런데 성경 속에 묘사되는 천사들의 모습을 CG로 구현한 영상을 보고 놀랐지 뭐야. 성경 속에서 '천사가 말하니 사가랴여 두려워하지 말라'라는 구절이 나오는데, 구현된 모습은 사람의 형상이 아니라 전부 커다란 눈이 달려 있는 요상한 생명체에 가까웠어. 천사의 이름은 오펀, 거룹, 세라프. 나는 오펀이라는 천사를 가장 좋아해. 발음부터 예쁘니까. 시를 쓸 때는 항상 단어의 어감이나 발음을 많이 생각하는 것 같아. 시를 쓰고 나서 꼭 낭독을 해서 읽어 보는데 낭독할 때 발음이 잘 안 되거나 물처럼 흐른다는 느낌이 들지 않으면 과감하게 바꾸기도 하거든. 성경의 상징적인 구절이나 이미지들도 시를 쓸 때 도움이 많이 돼. 생각해 보면 시도 상징과 은유로 이루어져 있으니까. 내가 시를 쓸 때 가장 중요하게 생각하는 것은 메타포라고 생각해. 메타포는 어디에든 있어. 떨어지는 가을 나뭇잎, 풀려 버린 운동화 끈, 새들이 숨어 있는 숲, 숲을 지나고 있는 바람. 이런 작고 큰 메타포들을 수집하러 나가는 일이 시를 쓰기 위한 작업이기도 하지. 그래서 사실 천사라는 존재가 내게는 작은 돌멩이가 될 수도 있고, 이파리 옆에 붙은 어둠일 수도 있지.
라디오의 지직거리는 잡음 같은 것일 수도 있지.

8월 29일

너를 기쁘게 했을 때, 슬프게 했을 때 모두 적어 봤어?

모든 시작도 다르고 끝도 다르듯이 시의 시작도 다르다고 생각해.

나에게 시의 시작은 투명하고도 정교한 고백이야.

그리고 질문이지.

네가 죽기 직전에 신을 만난다면 너는 어떤 이야기를 할 거야?

아니, 너의 천사가 네 앞에 나타나서

하루 동안 너에게 시간을 준다고 한다면

그리고 네가 한 기도의 진심만큼 이뤄진다면

어떤 고백들을 할 거니,

너의 천사는 겨울에 있었니, 여름에 있었니?

정현우

눈의 색깔은 어떤 색으로 빛이 나? 귓불은 어떤 모양이고?

우리와 같은 언어를 사용해? 깃털은 어떤 냄새가 나지?

시에 대한 이야기를 할 때, 내가 항상 하는 말이 있어.

"사랑은 모두가 기대하는 것이고, 사랑은 진정 싸우고, 용기를 내고, 모든 것을 걸 만하다."

에리카 종이 했던 말이야.

시는 내가 기대하는 모든 것, 그리고 네가 싸우는 것,

모든 걸 걸고 용기를 내는 것이야.

신의 얼굴을 그리기도 하고 지우기도 하면서

네가 모든 것을 걸 수 있는 마음,

또는 아주 뜨겁게 싸울 수 있는,

끝없이 죽이고 싶은 증오할 수 있는 용기를,

고백을 그리고 질문을.

끝없이 너를 살게 하는 것들을 생각해 내는 거야.

그 생각들이 모두 불타오를 때까지 혹은

모두 얼어 버릴 때까지 기다렸다가

그 순간들을 너의 장면으로 데려가는 거지.

스테인드글라스에 반사된 색색의 빛들이

너를 둘러싸고 있어, 너는 무엇인가 간절히 기도를

하고 있고

중얼거리는 것 같은데, 잘 들리지는 않아,

무엇이라고 말했어? 누구를 살리기 위한 기도야?

아니면 너를 위한 기도니?

천사가 되어 보는 거야,

아니, 천사를 죽여도 돼.

어디에 묻을 거야? 어떤 식으로 죽일 거지?

심장을 꺼내 볼 거야? 눈동자를 빼내어 볼 거야?

아니면? 천사와 사랑에 빠져 볼 거야?

신은 있는 거냐고, 내게 왜 날개를 빼앗아 갔냐고,

왜 우리는 들어야만 하는 존재냐고

소리도 쳐 보고. 간절히 기도해 봐.

우리의 영혼이 칠흑보다 더 어두워질 때까지

언어의 잎맥이 촘촘하게 투명해질 때까지

너의 정교한 고백은 시가 될 거야.

정현우

사랑의 기억이 너는 얼마나 있니? 펜을 들고 일단 적어 보았어. 고드름이 무섭게 달리는 겨울 아침, 휘갈겨 쓴 눅눅한 일기장, 안데르센의 『눈의 여왕』, 짧아진 4B연필, 김장하는 엄마와 할머니, 담장 들장미들의 연둣빛 가시, 할머니 때를 미는 엄마의 등허리, 어린 시절의 나로 다시 돌아갈 수 없다는 걸 알아차린 순간, 할머니의 쿰쿰한 살냄새, 엄마는 언젠가 사라진다는 사실, 삶은 단 한 번의 기회밖에 없다는 것, 대부분의 사람들이 모르고 지나가는 가장 아름답고 빛나는 시절. 이런 것들을 복기하면서 견디거나 울어 보기도 하겠지만. 그런 게 사랑의 기억 전부라고 생각해.

다른 이름으로 저장하기

최지은

최지은

2017년 《창작과비평》으로 등단하며 작품 활동을 시작했다. 시집 『봄 밤이 끝나가요, 때마침 시는 너무 짧고요』, 앤솔러지 『어느 푸른 저녁』 『첫사랑과 O』 『여기서 끝나야 시작되는 여행인지 몰라』 『시작하는 사 전』 『사랑에 대답하는 시』를 펴냈다.

1

　지난여름 하나의 거북이를 알게 되었습니다. 태어난 지 얼마 되지 않은 작은 거북이. 알에서 깨어난 거북이는 모래를 헤치고 바다로, 깊은 바다를 향해 기어가고 있었습니다.

　바다. 소리 내 말하면 거북이는 작아지고. 바다. 다시 말하면 눈에 띄지 않을 만큼 더 작아지고. 바다. 한번 더 말하면 바다에 가까워지는 거북이를 느낄 수 있었습니다. 바다 바다…… 소리 내는 것만으로도 좋은 무더위 속에서요. 그러니까 이 거북이는 제 마음 깊이 숨어 있던 하나의 상념이었습니다. 늘 거기 있었지만 보이지 않다 물이 빠지면 모습을 드러내는 섬처럼, 어느 날 문득 발견한 풍경 같은 것이었습니다. 저는 바로 아기 거북이 영상을 검색했습니다.

영상 속의 아기 거북이는 예상처럼 작았지만 생각보다 강인하고 용감했으며 무엇보다 귀여웠습니다. 다른 형제들보다 모래 깊숙이 알이 묻혀 있던 까닭에 뒤늦게 홀로 바다 여정을 시작한 거북이였습니다. 작은 앞발로 눈앞에 모래를 허물어뜨리며 나아가는 거북이. 모래 속 나뭇잎 하나에도 미끄러져 발버둥 치는 거북이. 햇볕에 지치고 파도에 떠밀려 다시 모래 속으로 파묻히는 거북이였습니다.

'이거 정말 나잖아.'

단번에 납득할 수 있었습니다. 여름의 몽상 속에서 제가 왜 아기 거북이를 떠올렸는지. 거북이의 여정처

최지은

럼 고단하고 아득한 저의 문제들이 하나하나 떠올랐습니다. 뻔뻔하게도 저는 제가 아기 거북이 같다는 생각을 했습니다.

'거북이처럼 하는 거야. 네가 가야 할 곳에만 집중해야 해. 다른 거북이들은 신경 쓰지 말고.'

달팽이 달리기 대회에 참가한 어느 달팽이 보호자가 비슷한 인터뷰를 했던 기억을 떠올리면서. 제 자신이 아기 거북이라고 생각하니까 일단 제가 너무 귀여워지는 것 같아서 웃음이 났습니다. 문득 눈앞에 문제가 모래알처럼 작게 느껴지고 무수한 문제들이 오히려 자연스럽게 여겨졌습니다. 나는 아기 거북이니까.

두세 개의 모래알을 허물어뜨리기 위해 온 힘을 다하는 아기 거북이 앞에서 모래알의 크기와 무게를 가늠하는 것은 우스운 일 같았습니다. 아기 거북이가 헤쳐 가야 할 모래알이 비록 제 눈에는 이토록 작고 가벼운 것이라도, 아기 거북이에게는 그 무엇보다 꿍대하고 절실한 문제일 테니까요. 아기 거북이에게 바다는 목적과 목표를 넘어선 삶과 생존이고, 그저 눈앞에 모래알을 허물어뜨리며 나아가는 것이 그의 현실이니까요. 직면한 문제를 극복하는 것과 무관하게 바다로 나아가는 몸과 마음을, 어느 여름날 떠올린 것입니다.

제가 아득하게 바라보고 있는 바다는 '쓰기의 세계'입니다. 이 바다는 아름답습니다. 시원하고 깨끗하고 광활합니다. 문제는 제가 물에 익숙하지 않다는 것, 수영을 할 줄 모른다는 것, 바라만 보고 있기에는 바다를 너무 좋아하게 되어 버렸다는 것이겠죠.

재능을 생각하면 심란해지기 쉽지만, 재능이란 좋아하는 마음에서 시작한다는 믿음을 갖고 있습니다. 좋아하지 않으면 잘할 수 없고, 좋아하지 않으면 지속할 수 없고, 좋아하지 않으면 재능을 판별할 기회도 줄고요. 무엇보다 좋아하지 않으면 재능 앞에 괴로울 일도 없을 거예요. 좋아하는 마음은 단순하고 깨끗합니다. 여기에 다른 것들이 끼어들 때 조금 복잡해지는 것 같아요.

조금 더 저의 이야기를 들려드릴게요. 7년 전 저는 처음 시 쓰기를 시작했습니다. 당시 저는 중고등학교 교과서와 성인 외국어 학습서를 만드는 출판 편집자로 근무하고 있었습니다. 멀리서 보면 평온한 시절이었습니다. 가까이 들여다보면 그때에도 어려움이 있었지만 더 가까이 들여다보면 소중하고 기쁜 일도 많았고요. 보다 가까이 들여다보면 제 자신에게도 감추어 놓았던 불안과 걱정, 슬픔도 있었습니다.

불행은 예고 없이 찾아오기도 하지만 어떤 불행은 물이 차오르는 방에 갇힌 것처럼 바라보는 동안에도 가까워집니다. 차오르는 물을 느꼈지만 아무것도 할 수 없는 마음을 저도 조금은 아는데요. 겨울이었고 막 점심을 마친 후였고 사무실로 돌아가는 길. 아버지가 자살을 했다는 전화를 받았습니다.

제가 무얼 할 수 있었을까 싶지만, 당시의 저는 놀

랍게도 많은 것을 해내었습니다. 수습할 것을 찾고 장례를 치르고 일상을 유지하기 위해 애를 썼습니다. 그때 저는 이상한 사람이었습니다. 너무 뜨거운 동시에 너무 차갑고, 하고 싶은 말이 넘쳐 나면서도 아무 말도 하고 싶지 않았고, 살고 싶지 않다가도 미치도록 살고 싶었습니다. 어떻게 이 모든 것이 동시에 가능한 것인지 알 수 없지만요. 그런 어느 날 사랑하는 사람이 말했습니다.

"지은아, 시를 써 보면 어때."

저는 그길로 창작 아카데미에 등록했습니다. 뜨겁고 차가운 마음 사이에서 이 이상한 얽힘이 꼭 시를 닮았다는 것을 조금씩 느끼면서. 저는 시를 쓰는 사람이 되었습니다.

저의 언어는 오직 아버지의 죽음과 관련된 것이었습니다. 그러나 단 한 마디도 아버지, 죽음, 자살 따위의 단어를 소리 내어 말할 수도 머릿속에 떠올릴 수도, 손끝으로 옮겨 적을 수도 없었습니다. 에두를 뿐. 맴돌 듯 서성이듯 배회하듯 헤맬 뿐. 그 단어들의 뜻을 받아들일 수가 없었습니다. 그것의 의미를 이해하기 위해서는 시간이 필요했어요. 다만 가슴 깊이 '아프다'는 감각을 느낄 뿐이었습니다.

퇴근 후에는 창작 수업에 가서 시를 읽었습니다. 시 선생님의 말을 받아 적고 집에 돌아와 시를 써 보려 했습니다. 시가 무엇인지 모르기 때문에 무엇이든 적어 보려 했습니다. 밤을 새고 출근하기도 하고. 점심시간 혼자 카페에 가서 시집을 뒤적이고. 근무시간 사이사이 '빈 문서'를 열고 떠오르는 것을 메모했습니다. 그 무렵 문득 '다른 이름으로 저장하기'라는 말이 좋아지기 시작했습니다. 얼마 지나지 않아 등단을 하게 되었고 때마침 여러 이유로 회사를 그만둘 수 있었고요. 시간을 확보했지만 글을 쓰는 환경은 큰 변화가 없었습니다. 새벽 늦게까지 책을 읽거나 덧없는 생각을 하거나 잠깐 자고 일어나 대충 끼니를 때우고. 한번 시를 쓰기 시작하면 제가 읽고 싶은 시가 될 때까지 그것만을 생각했습니다.

이런 저에게 '작가의 루틴'에 대한 글을 쓰는 기회가 온 것인데요. 처음 출판사에서 원고 제안을 받았을 때 실은 두려웠습니다. 아기 거북이는 그냥 할 뿐⋯⋯.

그런데요, 돌이켜 생각해 보니 (또 한 번 뻔뻔하지만) 저는 많은 것을 해내고 있었습니다. 아버지의 죽음 후 안간힘으로 일상을 지키고, 사랑하는 존재의 곁을 지키기 위해 애를 써 왔듯. 이 글을 쓰기 위해 지난 작업을 돌아보며 모래알만 한 노력이라도 제가 할 수 있는 것을 해내고 있었다는 것을 발견했습니다. 이 글은 그런 이야기로 채워 갈 거예요. 오직 제가 경험한 시간 속에서, 몇 편의 시를 쓰고 지울 수 있었던 얕은 경험 속에서, 덧붙여 애도의 방식으로 시를 선택한 저라는 사람의 작은 이야기가 될 것입니다.

최지은

2

제게 시를 쓰는 데 있어서 가장 중요한 것은

① '언제나 어디서나 한다'의 마음

② 쓰고 싶은 마음

③ 체력을 돌보는 마음

입니다.

먼저 '언제나 어디서나 한다'의 마음에 대해 이야기해 볼게요. 저는 좀 예민한 사람입니다. 어려서부터 그랬고 그랬다는 이야기를 들었고, 커서도 그렇고 요즘도 그렇다는 이야기를 듣습니다. 예민하다는 것이 오랫동안 콤플렉스였는데 지금은 조금 다른 관점을 갖게 되었습니다. 예민하다는 것은 현상을 조금 더 느리게, 조금 더 쪼개어 '모두 감각'한다는 것으로 '생각'하기로 했거든요. 알 수 없는 불안과 걱정으로 괴로울 때, 스스로를 쓸데없이 고민만 하는 사람으로 치부하지 않고 제가 느끼고 있는 감정과 감각을 더 느리게 더 자세히 쪼개어 느끼고 있다고 생각하면 조금 달라지더라고요. '생각'이 중요해지는 것인데요. 생각을 바꾸면 감정도 행동도 변화할 수 있다고 합니다.

　예민한 사람이기에 나도 모르게 갖고 있는 강박 또한 많습니다. 청결과 위생에 대한 강박, 대화를 나눌 때 상대의 마지막 말을 기억하려는 강박 같은 것을 경미하게(?) 갖고 있어요. 이러저러한 사소한 강박을 스스로 알고 있었기 때문에 처음 시를 쓰기 시작했을 때 다짐했습니다. 시 쓰기에 있어서만큼은 어떤 습관도 만들지 말자. 습관이 된 것을 되돌리기는 힘들고, 이제 막 시작한 시 쓰기에서는 어떤 강박도 습관도 없이 자유롭고 싶었습니다. 물론 회사원으로서 글을 쓰기에 가장 좋은 시간과 환경을 선택할 수 없던 배경도 있습니다.

　언제나 어디에서나 써야 한다면 '일단 한다'의 마음으로 시작합니다. 노트북이 있든 공책이 있든, 카페든 집이든 해야 한다면 일단 시작합니다. 할 수 있는 데까지라도 일단 합니다. 물론 쓸 준비를 할 수 있는 상황이라면, 조금 더 준비합니다. 시간에 대해 먼저 말해 볼게요.

시 쓰기와 직접 관련 있어 보이지는 않지만 저에게는 중요한 모닝 루틴이 있습니다.

① 기상 후 생활복(또는 작업용 파자마)으로 환복한다.
② 미지근한 물 한 잔을 느리게 마신다. (30분 소요)
③ 사과 반 개, 커피, 구운 식빵 또는 견과류로 아침을 먹는다. 아침 커피는 가능한 느리게 마신다. (1시간 이상 소요)

아주 사소하지만 꽤 오랫동안 반복하고 있는 아침 일과입니다. 사과를 씻고 반을 자릅니다. 사과 반 개는 한 입 크기로 썰어 접시에 옮겨 담고, 남은 반 개의 사과는 냉장고에 넣어 두고 다음 날 아침으로 먹습니다. 커피콩을 갈고 커피 내리는 시간을 좋아합니다. 남은 사과 반 개를 냉장고에 넣을 때 내일을 생각하는 순간이 좋고요. 같아 보이지만 매번 다른 사과와 다른 커피를 마시는 것을 생각하는 것이 좋습니다. 같아 보이지만 들여다보면 조금씩 다른 것을 감각하는 것이 제게는 중요해요.

매일 똑같은 것 같아 마음의 두려움과 어둠도 늘 그대로인 것 같지만 자세히 들여다보면, 느리게 쪼개어 들여다보면, 매 순간이 다르고 모든 것이 다르다는 것을 느낄 수 있거든요. 당연한 것은 없고 새롭게 느껴집니다. 매일 아침, 이런 새로움을 군이 떠올리지 않아도 사소한 반복의 반복 속에서 변화를 감각하고 연습합니다. 아침 일찍 일정이 있는 날에는 기상 시간을 앞당겨서라도 물, 사과, 커피의 루틴을 이어 가는 편입니다. 조금 피로할 수 있어도 오히려 마음이 안정되고 기분을 관리하는 데 좋습니다.

이후 일정은 매일 다릅니다. 회사를 그만둔 후로는 상황에 맞추어 이런저런 일을 합니다. 요즘에는 시 창작 수업을 하고, 〈문장의 소리(한국문화예술위원회 문학 팟캐스트)〉 방송 원고를 쓰고, 북클럽을 진행하거나 드물게 북토크를 맡고, 시와 산문을 씁니다. 매일 해야 할 일이 다르고, 마감 일정이 다르며, 출근 장소도 일의 성격도 달라서 때로 조금 버겁습니다. 그런데 이 버거움 때문에 오히려 혼자 글을 쓰는 시간이 더 좋아졌습니다. 처음 글을 쓰기 시작했던 7년 전, 두려움과 어둠으로 가득했는데. 요즘에는 글을 쓰려 책상에 앉을 때 너무 좋다, 라는 말을 저도 모르게 하기도 해요.

모닝 루틴이 끝나면 오늘의 to do list를 적고, 책상 앞에 붙여 둡니다. 마감과 회신해야 할 메일, 수업 자료와 같이 반복되는 업무와 물 마시기, 스트레칭, 복용할 약, 산책, 독서 목록 같은 사소한 것도 함께 적어 놓습니다. '투두 메이트'라는 애플리케이션도 비공개로 사용합니다. 해야 할 일을 적어 두고 하나씩 '클리어' 하는 즐거움이 있거든요.

산문을 쓰거나 업무를 볼 때는 타이머를 이용합니다. 보통 1시간 단위로 해야 할 일을 쪼개어 계획하고 1시간마다 물잔을 채우거나 같이 사는 강아지를 살피는 휴식 시간을 짧게 갖습니다. 하지만 시를 쓸 때는 타이머를 사용하지 않아요. 정해진 시간 안에 시를 쓰고 싶다는 생각은 하지만 시를 쓰기 시작하면 시간을 잊어버리게 될 때가 많거든요. 시간 감각을 잃어서 밤을 새거나 그대로 아침을 맞을 때도 종종 있고요. 건강을 생각하면 이런 작업 방식을 지속할 수는 없을 것 같은데요. 가끔은 몰입해서 시를 생각하는 시간이 건강에 더 좋다는 생각도 듭니다.

공간에 대해서도 정리해 볼게요. 작업이 잘되는 공간을 찾으러 여러 곳을 옮겨 다녔습니다. 도서관 집필실, 연희문학창작촌, 카페, 공유 오피스 등을 돌아다녀 봤지만 저에게 특별히 작업이 잘되는 장소란 없었습니다. 최적의 장소는 그저 글을 쓰고 있는 그 시간 속의 공간 같습니다.

요즘에는 주로 집에서 시를 씁니다. 집에서 작업할 때의 장점은 마스크를 착용하지 않아도 된다, 화장실을 편히 이용할 수 있다, 편안한 복장(작업용 파자마)을 입고, 쓰고 싶은 것을 다 쓸 때까지 얼마든지 앉아 있을 수 있다는 것입니다. 물론 강아지 두 마리와 함께 살고 있는 저로서는 강아지를 항상 살필 수 있다는 것도 큰 장점입니다.

집에서는 주로 공부방과 거실을 작업 공간으로 활용합니다. 계절에 따라 공부방과 거실을 오가며 책상을 옮기고요. 따로 선호하는 사무용품이나 컴퓨터 용품은 없습니다. 다만 큰 모니터를 선호해서 노트북에 모니터를 연결해 씁니다. 시를 고칠 때는 소리 내어 읽는 것도 도움이 되는데요. 회사는 물론이고 카페와 같은 외부 시설에서는 소리 내어 시를 읽을 수 없기 때문에 커다란 모니터에 한글 창을 여러 개 띄워 놓고 썼던 것을 옮겨 적으며 리듬이 엉키거나 어색한 부분을 찾아내곤 합니다. 소리 내는 것처럼 손으로 옮겨 적는 것도 리듬을 찾아내는 데 도움이 되는 것 같아요. 시를 쓰는 데 특별한 루틴은 없지만, 그동안의 메모를 정리하고 취합하는 작업을 먼저 합니다.

① 그동안 메모한 것(휴대폰 메모장, 노트 메모, 컴퓨터에 저장된 메

모들……)을 하나의 문서로 취합한다.

② 취합본을 다시 읽으며 '요약 메모'를 따로 문서화한다.

③ '요약 메모'를 다시 살피며 하나의 맥락으로 묶일 수 있는 이야기를 구성하거나, 어쩐지 쓰고 싶은 문장을 찾는다. 이때는 파란색으로 표시해 둔다.

이제 본격적으로 쓰고 싶은 마음에 이르러야 합니다. 보통 메모를 정리하는 과정을 거치면 쓰고 싶은 마음이 조금씩 예열되는 것 같아요. 만약 메모한 것에서도 별다른 마음이 들지 않을 때는 좋아하는 책을 펼쳐 봅니다. 저만의 명예의 전당이 있는데요. 책상 옆에 작은 책장이 있습니다. 이곳에는 제가 좋아하는 책만 모아 놓고 작업이 잘되지 않을 때 꺼내어 살펴봅니다. 꼭 읽지 않더라도 바라보는 것만으로도 자극을 받고 기분이 좋아지는 책들을 모아 둡니다. 가끔씩 한두 권 교체되는 경우가 있고 새로운 책이 추가되는 경우도 있지만 거의 같은 책이 같은 자리에 보관되어 있습니다.

최지은

혼자 쓰는 시간이 기쁘다고 말씀드렸지만 시 쓰기는 여전히 두렵습니다. 두려운 것에 휩싸인 상태로 시와 가까워진 까닭일까요. 분명 두려움만을 시로 옮겨 적은 것은 아니었을 텐데 여전히 시 쓰기는 어렵습니다. 시를 쓰는 동안 제 마음을 들여다보는 것이 두렵고, 시가 되지 않을까 봐 두렵고, 적확한 언어로 표현하지 못하는 것이 두렵고, 언어에 닿지 못하는 한계를 느끼는 것이 두렵고, 저의 무지가 드러날까 봐 두렵습니다. 무지는 때로 상처를 주기도 하니까요. 무엇보다 저의 진심이 아무것도 아닌 것이 될까 봐 두렵습니다. 진심을 제외한 나머지 두려움은 욕심에서 기인하는 것 같아요.

단번에 내가 원하는 세계에 닿고 싶은 욕심. 성취하고 싶은 욕심. 타인에게 상처 주고 싶지 않은 욕심. 매번 잘하고 싶은 욕심.

상한 잎을 떼어 내듯이 욕심을 살짝 덜어 내면, 오직 시를 쓰고 싶은 마음, '이것을 쓰고 싶다'의 충동은 강렬하고 깨끗합니다. 이 충동은 진심과 맞닿아 있는 것 같고요.

　시를 쓰기 시작한 뚜렷한 계기가 있었기 때문에 제게는 이 진심이 중요했다는 것을 이제는 알 것 같습니다. 아버지에 대한 사랑과 미움, 원망과 그리움 같은 여러 마음이 한데 섞여서 제 감정이 무엇인지를 뚜렷이 아는 데에도 시간이 필요했던 것 같아요. 밤을 새고 아침을 맞을 때까지 시를 썼던 몇 번의 밤을 생각하면, 왜 이렇게까지 해야 할까 스스로도 이해되지 않을 때가 많았는데요. 오직 그 시간만이 오롯이 사랑할 수 있는 시간이라고 생각했던 것 같습니다. 미움, 원망, 자책 같은 것 말고. 그저 보고 싶은 마음과 그리움 같은 것을 누리고 싶었던 것 같아요. 분명한 것은 저는 계속해서 변화하고 있다는 것이고요.

　슬픔이 가장 편한 선택이 될 때가 있었습니다. 슬퍼하는 것만이 해야 할 일이라는 듯, 깊어지는 고통이 오히려 편안할 만큼. 익숙하게 울고 익숙하게 아파하

　　　　　　　　　　　　　　　　　　　　최지은

고 익숙하게 바라보면 되었으니까요. 그런데 시는 익숙한 것에서 약간 벗어나는 것 같아요. 조금은 다르게 생각하고, 무엇이든 조금 바꿔도 보고, 시간을 빠르게 돌리고 혹은 시간을 멈춰 세울 수 있는 용기까지 시는 갖고 있어요. 눈송이를 멈춰 세우듯이 제 마음을 멈춰 세우고 응시하는 시간이 한동안의 저의 시 쓰기였던 것 같습니다. 그 속에서 듣고 싶은 말이 들릴 때까지 헤매고 싶었던 것 같아요. 시 밖으로 나왔을 때 잘 살아갈 수 있는 힘이 되는 마음을 얻고 싶었던 것 같아요. 그래서 성공한 것 같냐 물으신다면 아기 거북이는 할 말이…….

시가 시를 쓰는 사람을 완전히 대변하지는 않지만 (오히려 시를 통해 더 그 자신이 되어 가는 것 같아요.) 시를 쓰는 과정에서 자신의 일부는 어떤 식으로든 드러나고 묻어나기 마련일 텐데요. 그러니 괴로워지고 두려운 것도 자연스러운 것 같습니다. 저는 저의 한계를 알고 있으니까요.

저의 경우 시와 애도가 가까웠던 까닭에 어둡고 두려운 마음을 바라보아야 하는 것도 피할 수 없는 일이었고요. 그렇지만 쓰고 싶은 마음은 이 모든 두려움을 이기는 것 같아요. 나는 내가 읽고 싶은 것을 쓴다, 나 자신을 만나기 위해 쓴다, 나를 더 알기 위해 쓰고, 그리하여 조금 더 잘 살아 내는 내가 되고 싶다는 생각을 하게 합니다.

애도는 상실의 대상을 완전히 잊고 멀리 보내 버리는 것이 아니니까요. 사라진 것은 사라진 것으로 두고, 달라지는 것을 계속해 느끼며 또 다시 새로운 세계로 나아가는 것이 애도라고 생각합니다. 그러니 끝이 없을 것 같아요. 상실로 인해 획득할 수 있는 새로운 세계, 때때로 두렵고 어두운 것을 알면서도 안고 나아가는 사람의 마음을 상상해 봅니다. 내일의 나는 그런 사람이었으면 좋겠다고 상상하면서요. 내일을 생각하게 하고, 기대하고, 꿈꾸게 만드는 것이야말로 사랑이 아닐까 생각해 보면서요.

최지은

'나'에 대해 고민하고 나를 만나는 시간이 늘어 갈수록 저는 '내가 없는 다른 세계'를 상상할 수 있게 되었습니다. '나처럼 너를 생각하는 마음'은 점점 '내가 아닌 너를 생각하는 마음'으로 변화하게 되었고요. 잘 모르는 타인과 타인의 고통에 대해 마치 조금은 아는 것처럼 공감을 이야기하던 것도 다시 생각해 보게 되었습니다. 그의 것은 그의 것으로 온전히 돌려주는 것, 그 자리에 두는 것, 그 자체로 존중하는 마음도 시를 쓰며 돌아보게 되었어요.

아버지의 죽음에 대해서조차 아버지의 것은 아버지의 것으로. 나의 것은 나의 것으로 새롭게 바라볼 수 있는 용기를 생각합니다. 마음이 아프고 슬픈 것과는 또 다르게요. 저는 제가 해야 할 일을 생각해야 합니다. 무엇보다 인간은 라벨링으로 굳어지고 고정될 수 없는 존재라는 것을 깨닫습니다. 계속해서 변화하고 흔들리는 존재라는 것을. 이런 것을 쓰고 싶다고 생각합니다. 가능한 한 깨끗한 마음으로요. 익숙한 슬픔을 다른 이름으로 저장하면서, 다른 이름을 붙여 주면서, 자꾸 달라지는 나를 기록해 가면 좋겠어요.

그러니 체력을 돌보는 마음을 돌봐야 합니다. 시를 쓰기에 좋은 날은 따로 없을지 몰라도, 시를 쓰기에 힘든 순간은 몸이 아플 때입니다. 몸이 아프면 아무것도 할 수가 없죠. 몸과 마음은 하나라고 생각하고요.

올여름 유난히 지치고 몸이 아파 처음으로 한의원을 찾았습니다. 맥을 짚는다는 것도 궁금했고, 몸이 연결되어 있다는 시선도 흥미로웠어요. 의사 선생님은 진찰을 하며 제가 무슨 일을 하는지 물었습니다. 저는 글을 쓰는 일을 한다고 답을 하면서, 때때로 작업을 할 때 시간 감각을 잃는 까닭에 수면에 어려움이 있다는 이야기를 덧붙였어요. 선생님께서는 이런저런 처방과 함께 작업할 때는 25분 작업, 5분 휴식의 패턴을 권하셨어요.

"그건 안 될 것 같은데요."라고 말하자 "그럼 30분 작업, 10분 휴식."이라고 답하셨습니다. 저는 5분의 차이가 무엇을 의미하는지도 알 수 없었고, 시를 쓰면서 시간을 정해 두고 작업한다는 것이 자신이 없었습니다. 선생님은 한마디를 더 보냈습니다.

"틈을 주라는 거예요, 틈."

'틈'이라는 말이 낯설게 들렸습니다. 숨이 트이고 호흡이 편안해지고, 차갑고 깨끗한 물이 흐르고, 기분 좋은 바람이 불 것 같은 말이었습니다. 틈이라는 말.

선생님의 처방처럼 시를 쓰며 30분마다 휴식을 취하지는 못하지만, 먹어야 할 때 밥을 먹고 자야 할 때 잠을 자고 사이사이 깨끗한 공기를 마시는 일을 미루지 않기 위해 노력하게 되었습니다.

계속 쓰고 싶으니까요. 지금 쓰고 있는 시가 마지막이 아니라 내일도 쓰고, 모레도 쓰고, 또 쓸 수 있다는 믿음을 갖기로 했습니다.

저는 시를 쓰는 데 있어 도움이 되는 방법에 대해서는 잘 모르지만 그저 일상을 잘 꾸려 나가는 루틴을 다시 찾아내려 노력하고 있습니다. 시가 회복을 도와주었듯이 운이 좋다면 제가 쓴 시가 누군가의 회복기에 같이 있었으면 좋겠어요. 과거의 것은 과거의 것으로. 세상이 내게 남긴 라벨링은 내가 만든 새로운 이름, 그러니까 '다른 이름으로 저장'하면서. 타인의 삶을 함부로 예단하거나 조롱하거나 평가하지 않았으면 좋겠어요. 그저 시를 통해 저기 저런 사람이 있구나, 저런 세계가 있구나 바라보며 자기 마음을 들여다보는 시간을 누렸으면 좋겠습니다. 누구에게나 시는 필요하니까요. 숨이 편안해지고, 내일을 꿈꾸고 싶은 '틈'은 누구에게나 필요하니까요.

3

오래 전부터 컴퓨터 바탕 화면에는 하나의 사진이 있습니다. 영화 〈비기너스(Beginners, 2011)〉의 한 장면.

검은 배경 속 흰 빛의 사진인데요. 하얀 손이 하얀 꽃을 들고 있는 사진입니다. 이런 대사가 적혀 있습니다.

"받아, 단순하고 행복하게 살아. 네게 주려던 게 이거야."

생각해 봅니다. 사랑하는 사람이 제게 시를 권했을 때, 제가 만들어 낸 시 속에서 사랑을 만나고 듣고 싶은 말을 들었을 때, 저는 느낄 수 있었어요. 시를 쓰는 이유를요. 시는 사랑받는 쪽으로 '나'를 옮깁니다. 빛을 찾아 몸을 기울이는 화초처럼. 아주 자연스럽고 아주 느리게 나를 옮깁니다.

궁금합니다. 당신이 좋아하는 시는 당신에게 어떤 말을 들려주었는지. 제게 빛을 비춘 것이 이 글을 읽고 있는 당신 자신이라는 것을 알고 있는지. 건넬 수 있다면 하얀 꽃을 대신해, 차갑고 깨끗한 바닷바람을 보내고 싶습니다. 이런 마음만으로도 시시로, 바다가 가까워지는 것 같습니다. 당신의 아기 거북이는 안녕

한지, 궁금합니다. 한 번 더 평안을 바라 봅니다.

최지은